家に棲むもの

小林泰三

角川ホラー文庫
24334

目次

家に棲むもの 5
食性 63
五人目の告白 101
肉 143
森の中の少女 175
魔女の家 193
お祖父(じい)ちゃんの絵 217

家に棲むもの

「この家を売らせるわけにはいかないよ」老婆は断固とした口調で言った。「ここはあたしとうちの人が汗水垂らしてやっと建てた家なんだからね」

「だから、さっきから言ってるじゃないの」女は眉間に皺を寄せた。「そんなことは誰も訊いちゃいないんだって。とにかく今は金が入りようなんだから、はやくこの書類に判をついてくれりゃあいいんだよ」

「うちの人の許しがないうちは勝手にそんなこたぁできないよ」

「何わけのわかんねえこと言ってんだよ、この耄碌婆」女は殆ど手入れせず、ただ無造作に引っ詰めただけの自分の髪の毛を掻き毟った。「あんたの亭主はもうとっくの昔に死んじまったんだよ。まったくたいした爺だよ。一生かけて、こんなあばら家一軒しか残せなかったってんだからね。まあ、それを言うなら、借金だけ残しておっ死んだあんたの息子の方が程度は悪いがね」

「そうだよ。あの子だよ。新吉を呼んどくれ。この家は決して売らないように言い聞かせてあげるよ」

「だから、あんたの息子も死んじまったって、今の今言ったとこじゃねえか！　あたしはそのあんたの伜——新吉の嫁なんだから、この家の権利はあたしのもんなんだよ」

「権利書はわたさないよ」老婆は床の中から女を見上げた。

「糞忌々しい法律のせいで、あんたにこの家の権利が半分あるんだ。だけど借金はあんたの息子が拵えたもんなんだから、親として責任があんだろ。権利書はなくしたと言えばなんとかなるけど、実印だけは誤魔化しが効かねえんだよ。さあ、さっさと判を出しな」

「嫌なこった」老婆は憎々しげに舌を出した。

「あんたにこの家をくれてやる気は金輪際ないよ。新吉が借金を作ったってのも、元はと言えばあんたのやりくりができてなかったからじゃないか」

「本当に腹が立つよ。いっそ完全にわけがわからなくなっててくれりゃあ、何もかも自由にできたものを。中途半端に呆けやがって！」女は膝に拳骨を落した。

「借金はあんたが働いて返せばいいじゃないか。それが嫌だってんなら、借金もこの家の権利も両方置いて出ていきゃいいんだ」

「やっぱりそれが狙いだったんだね!!」女の顔が般若のように歪んだ。「大方、あたしが権利を放棄して、この家を出ていった後でこの家を売っ払っちまって、借金を返して残った金を独り占めして楽隠居って寸法だろうが、そうは問屋が卸さねえ」

「そんな気はないよ。この家は絶対手放さない。あたしが守ってみせるさ」

「何を言ってやがる。じゃあ、借金はどうなるのさ！　あんたその体で働けるってのかい⁉」

「ふん。借金なんざ、どうとでもなるもんさ」

老婆の投げやりな言葉が女には意味ありげに聞こえた。

「なんだって⁉　まさかまだどこかに金が残ってるんじゃ……」女の顔色が変わった。

「馬鹿馬鹿しい。金なんざ……」老婆は口を噤んだ。

「何だよ。どうして黙るんだよ！」女の鼻息が荒くなる。

「………」老婆は無視を決め込んで目を瞑った。

「糞っ！　あたしを舐めんじゃねえよ‼」女は老婆に馬乗りになった。

あれはいつのことだったんだろうねえ。

留はぼんやりと考えた。鬼のような形相で中年の女が留の喉の辺りに手を伸ばしてきたことまではなんとか覚えていたが、その後がどうもはっきりしない。それにその前のこともなんだか霞がかかったようではっきりしない。そう言えば、あの女は亭主や息子のことを悪く言っていた。亭主はかなり前に死んでしまっていたような気がする。息子の新吉は……。

……嫁を貰ったんだっけねえ。

どうもはっきりしない。あの女の口ぶりでは、自分が新吉の嫁で、しかも新吉に借金があることになっていた。まったくもって不思議な言い様だ。

不思議と言えば、この家も不思議だ。どうも何もかもに靄がかかったようになってはっきりしないが、この家はどうなっちまったんだろう？　家具はすっかり見覚えがないものになっているし、住んでいる者たちだって、どうも家族だという気がしない。この家はあたしのもんだから、ここに住んでいるのはあたしの家族のはずだ。なのに、ちっともそんな気がしない。顔を見ても名前すら思い出せない。

こりゃ、どういうことかねえ？　ひょっとすると、順子が借金を返すために、誰かに貸したんだろうかね？　きっと、そうだ。あのごうつくばりならやりかねないさ。

……順子って、誰だろう？

よくはわからないが、なんだかずるいことをする女だろう。そう言えば、あたしの上に馬乗りになった女もずるそうだった。ひょっとしたら、あの女が順子かもしれない。

ただ、そうは思ってみても、あの女と「順子」という名前はすぐには繋がらなかった。

まあ、いいさ。思い出せないってことは、そりゃたいしたことないってことさね。そんなことより、あたしゃちょっと小腹が空いてきたよ。

留は「順子」のことを思い出すのは諦め、台所へと向った。

台所には誰もいないにも拘わらず、火に鍋がかけっぱなしになっていた。

まったく、順子は気の利かない嫁だよ。

留は舌打ちをすると、今度は居間に向った。

そこでは下着姿の男が眠っていた。一瞬、新吉かと思ったが、寝顔をよく見ると、まるで違う。真上から顔を覗き込んでみたが、やはり見覚えがない。

じっと見つめていると、男は身じろぎし、二、三分うんうんと唸ったかと思うと、突然がばっと起き上がった。周りをきょろきょろと見回し、不思議そうに首を捻っている。

「おい。文子！」男は大声を出した。

「はい。なあに」女の声が答え、ばたばたと足音を立てて、部屋に入ってくる。

「いや。たいしたことじゃないけど、おまえさっきこの部屋に来たか？」

「いいえ」文子と呼ばれた女は首を振った。「いったいどうしたの？」

「うむ」男はしばらく言いにくそうにもじもじと頭を掻いた。「おまえ金縛りって知ってるか？」

「金縛り？　ああ。お化けが出る時によくなるってやつのことね」

「おい。気持ちの悪いことを言うなよ」

「それで金縛りがどうしたの？　あっ。ひょっとして、あなた金縛りになったのね。また、下着のまま、転寝してたでしょ」

男は頷いた。「まあ。金縛り自体は十分ほどでとけたんだけど、その最中に誰かに見られているような気がしたんだ」

「そんな気がしただけなんでしょ？」文子は呆れた顔で男を見た。

「その。つまり、顔が見えたんだ」

「顔って、誰の？」

「婆さんだった」

「おばあさんって、あなたのお祖母さん？」

「いいや。知らない顔だった。物凄く年をとっていた」

「年をとっているから、お婆さんなんじゃないの」

「まあ、そうなんだが……」

「金縛りって、入眠時レム睡眠なんですって」

「なんだそりゃ？」

「この間、テレビで言ってたけど、眠りにはレム睡眠とノンレム睡眠があるのよ。レム睡眠の時は脳が活動しているの。夢もその時に見るのよ」

「でも、夢はしょっちゅう見るけど、金縛りはめったにないぞ」

「寝入りばなはたいていノンレム睡眠だからよ。でも、睡眠サイクルが狂うと、いきなりレム睡眠が始まることがあるの。それが入眠時レム睡眠」

「それと金縛りになんの関係が？」

「言ったでしょ。レム睡眠は脳が活動してるって。つまり、脳は起きている時の続きのつもりなんだけど、体は眠ってるの」

「それで、金縛りになるわけか。でも、あの婆さんは……」

「きっと夢よ。起きている状態から直接夢に繋がるから、本当のように思えるだけなのよ」

「でも、なんというか。本当にここにいたような気がするんだ。いや。今もこの辺りに……」

この男は気味の悪いことを言うねえ。ああ嫌だ。

「あなた、疲れてるのよ」

男は突然ぶるぶると震えて、自分の肩を抱いた。

「裸だったんだよ」

「誰が？」

「婆さんだよ」

「じゃあ、きっと淫夢（いんむ）だわ」

「よしてくれよ」

裸の年寄りの夢を見るなんて、いったい何を考えてるんだろうねえ。馬鹿馬鹿しくって聞いてられやしないよ。

夫婦の会話に興味を失った留は隣の部屋に移った。

その部屋には年の頃は四、五歳の女の子がいて、人形の髪に櫛を通していた。不思議なことに近寄ってもどうも顔立ちがはっきりしない。

おかしいね。どうして、顔が見えないのかね？

光の加減だろうか？　そうだ。あの子は窓の方を向いているから、窓の外からならよく見えるかもしれないよ。

留は外に出ると、上半身を垂らし、逆さになって窓から家の中を覗き込んだ。

女の子と目が合った。

女の子はきょとんと留の顔を見つめている。

留は逆さになったまま、にいと笑って見せた。

初めて武夫にこの家に連れて来られた時、遠目に見た文子はてっきり大邸宅だと思った。都会育ちの文子にとって、それは非常識なほどにも巨大だったのだ。もちろん、文子は武夫の家に財産があるなどとはまったく期待していなかったのだが、家を見た瞬間、ひょっとしたら自分は当り籤を引いてしまったのではないかと、武夫の腕を思わず抱きしめてしまった。

「おい、なんだよ、急に」武夫は照れくさそうに言った。

「あなた、どうしておうちが財産家だって教えてくれなかったの？」

「財産家？　うちに財産なんかないよ」

「じゃあ、あのお屋敷は何？　あれだけでひと財産あるわ」

武夫はしばらく自分の家を見つめた後、げらげらと笑い出した。「まったくびっくりしたよ。あの襤褸家を屋敷だなんて」

「襤褸家？　あれが襤褸家だったら、わたしが住んでいるマンションは犬小屋だわ」

「まあ、近くまで行ってよく見てごらんよ。だいたいこの辺りじゃ、家が大きいのはなんの自慢にもならないんだよ。部屋数が十以上あるのが普通なんだから」

「あなたたちは先祖から代々伝わった家に住んでいるだけだから、価値がわからないだけなんだと思うわ」

「先祖代々だって!?」武夫はまた大声で笑った。

「とんでもない買い被りだよ。あの家は死んだ親父が買ったものなんだ。それも競売物件でね。なんでも前の持ち主が破産したか何かで手放したらしく、ずいぶん安く手に入ったらしい。親父は安月給で家を買うなんてとっくの昔に諦めてたらしいけど、この家を見つけてずいぶん喜んでいたよ。もっとも、おかげで通勤に三時間半もかけることになったんだけど」

文子はそんな武夫の言葉を冗談か度の過ぎた謙遜（けんそん）だと思っていたが、家に近付くにつれ、どうやら本気らしいことに気付いた。

まず、家の建っている場所が妙だった。この付近には平らな場所はいくらでもあるし、実際所々で見かける他の家もちゃんと平らな土地に建っている。しかるに、武夫の実家――萩山（はぎやま）家は小高い丘の中腹のかなり傾いた土地に建っていたのだ。しかも、周囲にはちゃんとした道もなく、ただ黄土色のでこぼこした荒地が広がっているだけだった。

普通、これほど大きな屋敷なら、門だとか、塀だとか、庭がありそうなものだが、萩山家にはそのようなものはいっさいなかった。ただ、荒地の中に唐突に巨大な建物が建っているのだ。

それは確かに大きかったが、邸宅という印象ではなかった。大きさや材質が統一されていない木材がまるで寄木細工のように組み合わされている。なぜか文子は小学生の頃に作った工作を思い出した。

「外装がいい加減な感じがするけど、元からなの？」少し失礼かなと思いながらも訊（き）かずにはいられなかった。

「うん。そうだよ。親父もお袋もあまり気にしていないようだった。まあ、直そうにも金がなかったろうけどね」

さらに近付くと、外壁のあちらこちらから、錆びて茶色くなった釘が飛び出ているのに気が付いた。家の高さからして、二階建てのようだが、二階には窓がなく、一階にいくつかある窓も大きさや高さがまちまちだった。

文子は地面の凸凹に何度か足をとられながら、なんとか入り口に辿りついた。

武夫はぎいっと戸を開けた。いや、抉じ開けたと言った方が適切かもしれない。

「ただいま！」

返事はない。まだ日は沈んではいなかったが、家の中は暗く、様子はよくわからない。

「今日、連れてくるって言ってたのになあ。どこかに出かけてるのかな？」武夫は首を捻った。

「まあ、とにかく、中に入ってよ」

家の中に入った瞬間、文子は何かねっとりとした液体の中に浸かったような気がした。家の中に潜む闇そのものがあたかも実体化したかのようだ。一歩踏み出す度に土間から暗黒の手が生えてきて、文子の足首を摑む。

徐々に目が慣れてくると、やはり家の中はかなり広いようだった。玄関は土間になっており、正面はそのまま台所で、でんと釜が中央部を占拠している。玄関の両脇にはそれぞれ土間よりも一段高くなった畳の部屋があり、障子は開け放たれていた。台所の向こう側にも部屋があるようだった。

「一先ず、こっちに上がって」武夫は右手の部屋に上がり込む。

「あっ。ちょっと待って」文子も慌てて靴を脱ぎ、後を追う。畳に上がった瞬間、冷やりとした感覚が足の裏を走った。畳の上に何か液体が零れていたのかと足元を見たが、暗いのではっきりしない。靴下の裏を探ってみると、少しべとついていた。自分の汗なのか、別の液体なのか、判然としない。指先で畳に触れてみると、ぬるりとした感触がある。指をこすり合わせてみると、油のような手触りだ。臭いを嗅いでみる。酢の臭いがした。

「どうかしたかな？」武夫が声をかけてくる。

「ううん。ちょっと、畳が湿ってるような気がして」

　実際、歩く度に畳の中からじわじわと滲み出しているようだった。

　武夫はしばらく足踏みをしたり、畳を見つめたりしていたが、溜め息混じりに言った。「そうかな？　僕は普通に思えるよ。そりゃ、もう古いからいろいろな汚れを吸い込んでしまってて、所々茶色くなったり、黄ばんでたりするけど、湿ってるってことはないと思うよ。まあ、僕はこの家の畳に慣れてしまっているのかもしれないけどね」武夫は少し不機嫌そうな声で言った。

自分が育った家を貶(けな)されたのだから、少しぐらい不機嫌になってしまうのは仕方がない。これからは努めて、この家の欠点を言わないように気を付けよう。文子は決心した。

武夫が隣の部屋への襖(ふすま)に手をかけた瞬間に襖が倒れ、まるで生きた魚を俎板(まないた)の上に叩(たた)き付けるかのような音が響いた。

文子は決心を翻した。「この家、本当に大丈夫？」

「大丈夫さ」武彦は少し自信なさげだった。「少なくとも、僕がここで過ごした十八年間はもっていたんだから」

壁は土壁になっていて、所々かなり崩れていた。試しに触れて見ると、まるで海岸の砂山のような感覚でぼろぼろと落ちていく。よく見ると、何箇所か材木が剝(む)き出しになっていた。

「ただいま！」武夫はさっきよりも大きな声を出した。

やはり返事はない。

「どうしたのかな？　何かあったのかな？」武夫はいらいらと言った。

「二階じゃないかしら？」

「二階って、この家は平屋だよ。僕、ちょっと奥を見てくるから、君はそこの応接間で、待っててくれないか」

武夫は壁を指差した。いや。ただの壁かと思われたところは壁と同じ色に煤けた襖だった。

こんなところで一人でいるのは、さすがに心細い。文子がそう言う前に、武夫はさっさと暗闇の中に消えてしまった。

仕方なく、文子は襖に手をかけた。取っ手はべとべとしていたが、文子は無視することにした。どうやらこの家ではそんなことはいちいち気にしていられないようだ。がたがたと鳥肌が立つような軋み方をして、襖は四分の一ほど開いたが、何かが引っ掛かったのかぎしぎしと音を立てるだけでまったく動かなくなった。文子は溜め息をついて、体を斜めにして、暗がりの中に入った。

応接間と言われた部屋は外からの明りが入ってこないため、様子は薄ぼんやりとしかわからなかった。部屋の真中には大きな膳が置かれていた。かなり長い間、使われていなかったようで、指で擦るとびっしりと積もった埃の跡がついた。ふっと息をかけると、埃は小雪のように部屋中を舞った。

部屋の隅にはかなり大きな人形があった。ほとんど子供か小柄な大人ほどもある。背中を丸めて座っている形で、文子はなんとなく達磨を連想した。顔には深く皺が刻まれて、じっと目を瞑っているようにも見える。文子はもっと詳しく見ようとしたが、なにせこの暗さである。いかほどのこともわからない。文子は振りかえって、襖の近くの壁を探った。照明のスイッチはなかった。

それはそうでしょうね。この家の蛍光灯は垂れ下がる紐を引っ張るタイプなんだわ。

しかし、暗い部屋の中で紐を探すのは一苦労だ。ましてや、ここは初めて訪れる家だ。蛍光灯の紐の位置などわかろうはずもない。上を見上げるとぼんやりと丸い照明らしきものは見える。紐はその下にぶら下がっているに違いない。文子は膳の端まで行って、精一杯背伸びをして、空中に手を振り回してみたが、なんの手掛かりもなかった。しかたがないので、少し行儀が悪いとは思ったが、膳に上った。埃で滑りそうになりながら、中央辺りまで擦り足で行くと、再び天を仰ぐ形になって、両手を振り回す。しばらくすると、手首に紐が巻きついた。それを引く。

カチリと音がして、少し明るくなった。頭の上で光っているのは蛍光灯ではなく、一個の電球だった。あまりのことに文子はぽかんと口を開けた。

さらに上を見上げて、文子は三つのことに気が付いた。

一つ目はこの家の天井がかなり高いこと。普通の倍はありそうだった。この天井の高さのため、文子は平屋を外から見て二階建てと見誤ったのかもしれない。

二つ目は天井の作りもかなり大雑把だということ。縦横斜めに太い桟が無秩序に走っている間に適当に板が嵌め込まれている。

三つ目は部屋の中ほどの高さまで長々と垂れ下がっている裸電球の上にある傘のおかげで、天井には光が殆ど(ほとん)あたらず、その酷(ひど)い有様は隠されてしまっていること。実際、天井の詳しい有様は暗闇に慣れていた目が電球の明るさで眩(くら)むまでの一瞬しか見えず、今ではもう漠とした暗闇が電球の上に広がっているばかりだ。

下が明るく、上が暗い不安定な構図になったせいで、文子は気のせいか吐き気を覚えた。まるで、部屋の上半分が突如異空間に接続されている。そんなような錯覚すら覚えた。さらに暗闇の中を見つめていると、なんだか闇の向こう側が見えてくるような気がする。

暗黒の中にさっき見た酷い天井の様子とは全然違うものが浮かび上がる。暗黒の背景に暗黒の影たちが蠢(うごめ)く。そこは無限の空間であり、遥(はる)か彼方(かなた)まで様々な形態の影が群れ飛びかっている。文子はその世界の底にいるのだ。唯一おぼろげな光がある場所。

翼を持ったものが一羽、頭上から彼女を目掛けて降りてくる。

「危ないよ」部屋の隅の人形が口をきいた。「天井を見ていると、人ではないものたちに引き摺(ず)り込まれちまうよ」

「お婆さんが窓の外にいたの」

初めてこの家を訪れた時のことを思い出していた文子は、ひかりの声でふと我に返った。

「えっ？　何？」

芳（よし）が外に出たのだろうか？　この辺りは夜になると、まったく人通りが絶える。この土地の治安のよさは知っていたが、さすがに年寄りの一人歩きは物騒だ。武夫にすぐ知らせなければならない。

「お姑（かあ）さんが外に出ていったらしいわ」

「お袋が？　どうして、晩に出ていったりしたんだ？」

「よくわからないけど、ひかりが見たらしいの」

「ひかり、お祖母（ばあ）ちゃんが出ていくのを見たのか？」

「ううん」ひかりは可愛く否定する。

「ひかりは見てないってさ」武夫は戸惑い気味に文子を見た。

「だって、さっき言ったじゃない。窓の外にお祖母ちゃんがいたって」文子は問い詰めるように言った。

「お祖母ちゃんじゃないよ。知らないお婆さんだよ」

「嘘を仰（おっ）しゃい。今の時間にこんなところを歩いているお婆さんなんかいるはずないじゃないの」

「でも、本当に知らないお婆さんだったんだもん」ひかりは口を尖（とんが）らせる。

「なんだか、話が食い違ってるな」武夫は困った顔をした。「ひかりが違うって言ってるんだから、やっぱり誰かが家の側を通っただけなんじゃ……」

「きっと、お姑さんがふだん着ないような服でも着て、ひかりをごまかしたんだわ。お姑さんって、そういう悪ふざけが好きなところがあるもの。初めて、わたしがこの家に来た時もそうだったじゃない。部屋の隅でじっとしていたから、てっきりわたし人形だと思ってたら、急に話しかけてきて。わたし、びっくりしてお膳の上から転げ落ちてしまったのよ」

「また、その話か」武夫はうんざりした表情になった。「だから、何度も言ってるように、お袋は何も驚かす気はなかったんだって。俺たちを待っているうちについ居眠りをしてしまってて、おまえが電球を点けた拍子に目が覚めたって……」

「じゃあ、『人ではないものたちに引き摺り込まれる』ってどういうことよ⁉」

「お袋はそんなことは言ってないって言ってたぞ。おおかた、おまえが動転してそう聞こえたか、お袋が寝ぼけてただけだろうさ」

「どうかしたのかい？」文子の真後ろで嗄れた声がした。

文子は驚きのあまり、ひっくり返りそうになった。

「なんだ。お袋ちゃんといるじゃないか」

「あたしがいちゃいけないのかね？」芳は上目遣いに二人の顔を覗いた。

「いえね。お姑さんが外に出たのを見たって、ひかりが言うもんですから」

「ひかりそんなこと言ってないもん」ひかりは不服げに言った。

「そうかい。ひかりはお利口さんだねえ」芳はひかりの頭を撫ぜ、目を細めた。

「まあ。お袋がここにいるんだから、それでいいじゃないか。ひかり、もう遅いから、お祖母ちゃんと寝ておいで」

芳とひかりがぎしぎしと廊下を軋ませながら、出ていくと、武夫は文子に向き直った。

「大丈夫か？　俺の単身赴任は来週からなんだぞ。俺がいない時に、今みたいなことがあったら、誰も仲裁できないじゃないか」

「仲裁って、わたし別にお姑さんと喧嘩したわけじゃないわ」

「俺がいなかったら、喧嘩になってたさ」

「だって仕方がないじゃないの。ひかりがお姑さんが外にいたなんて言い出すから……」

「ひかりはそんなこと言ってないだろ」

「何よ。わたしのせいだって言うのね！」

「誰もそんなこと言ってないだろ」

「だいたい、あなたが単身赴任しなくちゃいけなくなったのも、元はと言えば、お姑さんの我儘のせいじゃないの！」

「おい。そのことはさんざん話し合ったじゃないか」武夫はうんざりした調子で言った。

最初、武夫の転勤話が出た時、文子はついていくつもりだった。ところが、芳が引っ越しに猛反対したのだ。亡き夫が残してくれたこの家を離れるのが忍びないというのだ。

文子はやっとこの家から離れられると思っていたぐらいだったので、芳の考えは全く理解できなかった。何も売り払うとは言っていないのだ。

（もっとも、売ろうにも買い手はつかないだろう。家を取り壊せば、少しは価値が出るかもしれないが、こんな田舎の荒地では、家の撤去費用の方が高くついてしまう）

誰かに貸すか、それが嫌なら空家にしておいてもいいのだ。

しかし、芳は頑として首を縦に振らなかった。今更、この家に他人を上げるのは我慢ならないし、かと言って空家にしていてはすぐに傷んでしまう。家というものは人が住んでいないと、駄目になるらしい。

文子は、この家はもう十分に傷んでるじゃないの、という言葉が喉から出かかったが、なんとか飲み込んだ。その代わり、それなら芳が一人この家に残ればいいのではないかと、武夫に提案してみた。

武夫は文子の提案を却下した。芳は高齢で最近は足腰も急に弱って、買い物にいくこともままならなくなった。その上少し呆けも出てきたようだ。こんな山奥に独り暮しをさせるわけにはいかない。お袋がどうしてもここを出ていきたくないというのなら、自分が単身赴任をするしかない。武夫はそう決断した。

「結局、わたしが貧乏籤をひいたんだわ」文子は険しい目で、武夫を詰った。「あなたがお姑さんを説得できないから」

「俺だって、努力はしたさ。でも、お袋がどうしてもこの家から出ていきたくないって言うんだから、これ以上どうしようもないじゃないか」武夫は文子の機嫌を取ろうとするかのように、肩に手を置いた。「なっ。二、三年もしたら、お袋も気がかわるかもしれない。俺も頃合をみて、また説得してみるから」

「それまで、お姑さんとうまくやっていけるかしら？」文子は心の底から溜め息をついた。

武夫の単身赴任が始まって、ひと月が過ぎた。

赴任先の開設されたばかりの事業部の立ち上げに手間取っているせいで、武夫は一度も家に帰ってきていなかった。もっとも、片道十時間もかかっていては、週末毎に気軽に帰るというわけにもいくまい。

武夫がいなくなってから、文子は当然ながら一日中芳と顔を突き合せていなければならなくなった。元々、この家に対し、異様な拘りを持っていた芳を文子は少々気味悪く思っていたのだが、呆けが始まってからは抑制がきかなくなったのか、余計に執着が強くなってきたようだった。武夫がいなくなってからはさらにいっそう酷くなったような気がする――呆けも執着も。

芳は日がな一日自分の部屋でぼうっとしているし、ひかりは一人遊びが好きであまり手のかかる子ではなかった。いや。むしろ、大人し過ぎる。もう少し賑やかな方がいいぐらいだ。一人で部屋の中にいると、まるで家の中に自分しかいないかのような錯覚を覚えて、ぞくっとすることもあった。

嫌なことに、この家は家鳴りがする。日に何度か、ぎしぎしぎしと家のあちこちが軋んで音をたてるのだ。それも、普通の家でよくあるような控えめなものではなく、テレビの音が聞き取りにくくなるほどの爆音をたてる。驚いたことに武夫も芳もこの音にはまったく無頓着だった。逆に、いちいち音を気にする文子をいぶかしんだほどだ。どうやら、彼らは家というものは音を立てるものだと思っていたらしい。文子も住んでいるうちにすっかり慣れてしまい、いい加減な建て方をしているから、温度や湿度の変化で起こる建材の伸縮を吸収しきれないのだろうと、合理化して考えるようになっていた。

芳は一人で喋ることが多くなった。暗い部屋の中で、目だけをらんらんとさせ、ぶつぶつと独り言を言いつづける芳を見る度に、文子は冷水を浴びせられたかのような心境になる。ひかりが一人でごっこ遊びをするのとは次元が違う。たいてい、芳はこの家について語っているようだったが、時には文子についての話もしていた。どっちにしても、文子が部屋に入ると黙り込んでしまうため、詳しいことはわからない。問いただしても、要領を得ない返事があるばかりだ。

ひかりについても、心配なことはあった。あの日以来、時々老婆を見るようになったらしい。窓の外にいたり、廊下を駆け抜けたり、部屋の隅の暗がりの中からひかりを睨みつけたりすると言う。空想が現実のように思えることはこの年頃の子供にはよくあることだが、老婆の幻想というのは普通ではないような気がした。祖父母を持たない子供が架空の老人と遊ぶことはありそうなことだったが、ひかりは祖母と同じ屋根の下に暮らしている。老人に対する過剰な幻想を抱く可能性はないはずだ。むしろ、同年代の友達を欲するのが自然ではないだろうか。そう言えば、武夫も老婆の夢を見たとか言っていた。親子で共通する幻想だとすると何か原因があるはずだ。二人とも小さい頃からこの家で育っている。ひょっとすると、その老婆というのはこの家そのものの象徴なのかもしれない。どうもこの家には妙なことが多過ぎる。

不審に思った文子は近所の万屋――と言っても、一キロメートル以上離れているが

——への買い物ついでにそれとなく尋ねてみた。

萩山家と村人とはあまり付き合いがなかった。その時まで、文子は、萩山家が村の中心部から外れていること、元々村の者でなかったこと、そして一軒だけ農業を営んでいないことが原因だと思い込んでいた。

「やっぱりあん家にはなんかあるんかね」万屋の主人は納得したような表情で言った。

「やっぱりって、どういうことです？」文子の中で聞きたい気持ちと聞きたくない気持ちが拮抗(きっこう)していた。

「どういうことって……」万屋は少し躊躇(ちゅうちょ)した。

「あんた知らんとあん家に嫁に来たんかね」

「あの家に何があったんですか？」

「………」万屋の目が泳いだ。「こりゃ、余計なことを言っちまったかもしれねえ。今の話は忘れてくれ」

「忘れてくれって、そんなことを言われたら、かえって気になってしまいます。本当のことを教えてください」

「本当のことも何もたいしたことはねえよ」

ちょうどその時、村の主婦が数人連れ立って、店の中に入ってきた。万屋は口を噤(つぐ)んだ。

家のことを詮索していることを村の女たちに知られるのは拙いかしら？　文子は一瞬考え込んだ。でも、どうせここの店主が言ってしまうだろうし、せっかく人が集まってきたのだから、はっきりさせるチャンスかもしれない。

「あの。わたし、萩山と申しますが」文子は一番近くにいた中年女性に話しかけた。

「えっ？」女性は眼球が零れ落ちるのではないかと思うぐらい目を見開いた。よほど驚いたらしい。

「丘の家に住んでいる萩山です」

「ええ。ええ。知ってるよ。廃材屋敷の萩山さんだね」女性はそう言ってから、はっと顔色が変わった。

「廃材屋敷？」

「こん人は知らんかったらしい」万屋が言った。

「ありゃま。えらいことを言っちまったかね」

「いいえ。いいんです」文子は努めて冷静を装い、笑顔を見せた。「つまり、あの家は廃材で建てられたんですね」

それなら納得がいく。

「どうしよう。言っちまおうか？」村人たちは顔を見合わせる。

「気にせずに仰しゃってください」

「まあ。そこまで言うんなら」中年女性は口を開いた。「あの家はあんたの一家が越してくる前には、青木(あおき)という人が住んでいたんだ」

　たぶん、それが破産した人物だ。

　女性は話を続ける。「もう五十年ほど前になるかね。その青木さんがあの丘の土地を買ったんだ。そう。青木さんもあんたらと同じ他所(よそ)もんだった。おおかた、悪い業者に騙(だま)されたんだろうよ。あそこん土地は鬼ん道なんで村のもんは誰も住まんかったんだ」

「鬼ん道？」

「村の真中から見て、鬼門の方だったからだ。戦国時代、あの辺りでたくさん人が死んだと言うもんもあるが、そりゃあ後からできた噂だろう。まあ、こんなこと聞いて気持ちいいことはねえな。やっぱり、悪いこと言っちまったかい？」

「いえ。それで、青木さんはどうされたんです？」

「青木さんは夫婦揃って家を買うのが夢だったらしくて、やっとのことで金を溜めて、あの土地を買ったんだ。土地を買ったら、家はただで建ててやるとかなんとか、言われてたらしいが、土地を買った途端、業者は消えちまった。まあ普通なら諦(あきら)めるところだが、青木さんは土地に全財産使っちまったもんで、諦めがつかなかったんだろう。どこかから、廃材を集めてきて、自分で家を建て始めたんだ。青木さんは建築に関しては全くど素人だったんだが、夫婦で何年もかけてあのがたがたの不細工な家を作り上げた。村のもんはいつ崩れるかと恐ろしくて、とても近付けなかったが、青木夫婦は結構気にいったようだった。まあ、時にはところどころ壊れたりもしたが、その度に適当に修理を繰り返したようだ。何もかも素人仕事なもんで、あん家は今みたいに凄(すご)いことになっちまった。誰が見たって、違法建築なのははっきりしとったが、田舎の役場はのんびりしたもんで、何十年もほったらかしだ」

「青木さんはどうしてこの村から出ていかれたんですか？」

「旦那(だんな)の方は病気で死んじまったんだ。後には後家さんと一人息子が残されたんだが、この後家さんがえらくあの家にご執心でなあ。あっちこっちぼろぼろになって、修理に手が回らなくなっても、まだ住みつづけていた。そのうち、息子が嫁をもらったんだが、息子夫婦が出ていくのも許さず、三人で廃材屋敷に住み続けた」

文子はなんだか自分たちの話を聞いているような気がした。

「ところで、その息子というのが、まあ極道もんで、年寄りの母親に内職をさせて、自分は放蕩三昧(ほうとうざんまい)だ。息子の嫁も性質(たち)が悪かったらしく、働きもせずぐうたら暮らしていた」

うちはちゃんと働いているからずいぶんましだわ、と文子は思った。

「息子はあちこちで借金を繰り返しているうちにすっかり首が回らなくなった。最後にゃあ、家――というか、価値があるのは土地だけだが――を担保に金を借りようとしたんだが、母親は頑として許さない。息子は面白くないわけだ。毎日、昼間っから酒を飲み歩いて、とうとうある日酔った勢いで喧嘩をして死んじまった。とにかく、その場にいたもん全員が泥酔していたんで、誰がどうしたかもわかりゃあしねえ。結局、誰が犯人かもわからず、金もとれない。後には借金だけが残った。

それから毎日姑と嫁の間で、家を売る売らないで大喧嘩さ。傍目から見ても二人ともすっかりおかしくなってたね。姑の方は呆けもきてたのかもしれねえ。嫁の方は身なりもかまわんようになって、村に来ては姑の悪口を触れて回ってた。

ところが、ある年の夏、姑がふっつりと姿を見せんようになった。嫁はなんだかせいせいとした様子だったが、ある日荷物を纏めて出ていった。その後、萩山さん夫婦があそこに住み始めたのさ」

「青木の姑さんはどうなったんですか？」

「さあ。わしら、ごたごたに巻き込まれたくなかったもんでな。まあ、いろいろと噂するもんはおったが……。時に、あんたおたくの舅さんの死に様は知っとるか？」

「いえ。確か事故だと聞いてはいるんですが」

「まあ、事故と言えば事故じゃが……家の中で死んどったんじゃ」

「家の中で？　どういうことですか？」

「詳しいことはわからん。わかっとるのは、その時家の中にいたのは萩山夫婦と幼い息子だけだったってこった。その日から、あんたの姑はずっとあの家に住んどる。息子——あんたの旦那——はいったん都会に出たが、結局あの家を出ようとせん母親のために、あんたを連れて戻ってきよった」

「何が仰しゃりたいんですか？」文子は話を聞いているうちに気分が悪くなってきた。

「わしらは何も言うとらん。どっちかと言うと、あんたに聞きたいぐらいだ」

「聞きたいって、何を？」

「あんたの姑はなんであの家に執着しとるんだ」

「それは亡くなった舅が苦労して手に入れた家だからじゃ……」

「あの人は本当にあんたの姑なのかい？」今までじっと話を聞いていた別の若い女が口を開いた。

「どういう意味ですか？」

「いや。うちの爺さんが言うもんだから……」

「めったなことを言うんじゃないよ」中年女性が窘める。「あんたとこの徳爺さんはすっかり耄碌しているじゃねえか」

「おたくのお爺さんはなんと仰しゃってるんです」文子は何か不吉な予感がした。

若い女性は中年女性の目を見ないようにして顔を伏せた。「うちの爺さん、散歩が好きで、よくあんたの家の横を通るんだが、散歩から帰る度に、言うんだよ。『今日も青木の家で、留さんを見かけたよ』って。あの人は本当にあんたの姑なのかい？」

留は不機嫌だった。

どういうわけか、あの見知らぬ男は出ていったのだが、まだあの女がこの家に残っているのだ。あの女と小娘だ。小娘の方はなんとでもなるが、あの女は厄介だ。特に最近何かとごそごそと動き回っているようだ。どうもあの女を見ていると、順子を思い出して、苛々する。わたしの家の中で勝手は許さないよ！

そうそう。この家の中にはもう一人いた。年寄り女だ。

初めは自分かと思った。そう思うと、確かにあの年寄りはあたしで、この家の中を歩き回ったり、家の近くを通りかかった岡崎の徳さんに挨拶をしたりしていた。あたしは久しぶりに風呂に入ったり、化粧をしたりして楽しかった。

だけど、ふと思ったんだ。あたしがあんな年寄りのはずはない。きっと、何かの間違いだ。そう思うと、やっぱりあの年寄りとあたしは別々の二人だった。あたしは物欲しそうに年寄りをじっと見つめている。

いったいどういう手品なのかはわからないけど、あの年寄りはまるであたしのように、この家の中に暮らしているんだ。だから、時々二人が別々だということを忘れちまうんだろう。

年寄りの名前は芳というらしい。自分で教えてくれた。あたしと芳はよく似ている。いい友達になれそうだ。時々、二人じゃなくて、一人のような気がする。

「お姑さん、この家を出て、一緒に武夫さんのところに行きましょう」若い女——名前は文子というと芳が教えてくれた——はこの家を芳とあたしから取り上げようとしているらしかった。

まったくいやらしい女だ。順子とそっくりだ。この家を売っ払おうって、はらだよ。

「出るわけにはいかないよ」芳はにこにこと答える。「わたしがこの家を出たら、武夫が帰ってきた時に困るからね」

「だから、武夫さんは別にここを出ていってもいいって言ってるんです」

「とんでもないことだよ。ここはうちの人がやっとのことで手に入れた家だ。滅多なことで手放すわけにはいかないよ」

「お姑さん、この家に前に住んでた人たちのことはご存知ですか？」

この女なんだかわけのわからないことを言い出したよ。前も糞もこの家はあたしとうちの人が建てたんだ。誰にも出てけと言われる筋はないよ。

「ああ。なんでも競売なんだって」

どうしたんだろう？　芳の言っている言葉の意味がわからなくなっちまったよ。

「姑と嫁の二人暮しだったそうです」文子は一息置いた。「姑の方は行方不明になったそうです。かなりの借金があったそうで、この家は担保になっていたみたいです」

文子の言うこともわけがわからない。まるで、外国語みたいだ。

「そうかい。じゃあ、そういうことなんだろうね」

「村の人ははっきりとは言わないんですが、その姑と嫁の間に何かあったと思っているみたいなんです」

「何かって？」芳は半ば笑みを見せながら言った。

「だから、嫁が姑を……」文子の顔が歪む。「とにかく、わたしはこの家が怖いんです」

「怖くなんかないよ。あたしは何十年もずっとここに住んでいるし、武夫もここで大きくなった。怖いことなんてあるものかね」芳は遠くを見るような目をした。「でもね。文子さんが出ていきたいなら、別にあたしは止めないよ。あたしたち四人はこの家で暮らすからさ」

「四人？　お舅さんはもう亡くなっているんですよ」文子は怯えた顔をした。「覚えてないんですか？」

「覚えてるよ。あの人もこの家が好きだった。でも、もう死んでしまったよ」

「なら、どうして四人なんですか？」

「武夫が帰ってくる」

「武夫さんとひかりを入れても三人ですよ。もっとも、武夫さんもひかりもわたしと一緒に行くと思いますけど」

「そうかい。そりゃ寂しいね。じゃあ。二人っきりになっちまうね」

「二人？」文子は目を見開いて、芳から一歩退いた。「二人ってどういうことです？　わたしと武夫さんとひかりがいなくなったら、この家の中に残るのはお姑さん一人じゃないですか」

「えっ？　ああ。そうだったね。あたしは一人だったよ。なんとなく、二人のような気がしたよ」

文子はぶるぶると身震いをした。「とにかく、この家を出ることを考えておいてくださいね」文子は何か用事でも思い出したかのように、そそくさと部屋を出ていった。

まったくいけ好かない女だよ。家を出ることばかり考えていてさ。留は芳の耳元に囁（ささや）きかけた。

「そうだねえ。困ったねえ、留さん」芳は穏やかに言った。

あんな女にでかい顔をさせてる必要はないよ。とっとと追い出しちまいなよ、芳さん。

「でもね。あの子はあれでも、武夫の嫁なんだ。勝手に追い出すわけにはいかないのそんな遠慮はいるもんか。そんなことを言ってると、あんたもあたしみたいに……。

「どうしたんだい？　どうして、急に黙ったんだい、留さん」

順子だよ。

「順子って？」

……新吉の嫁だよ。

「新吉って？」

あたしの息子だよ。

「息子さんがいるのかい。そりゃ、安心さね」

ああ。新吉はいい息子だよ。それを順子のやつ、甲斐性(かいしょう)なしだの、ごくつぶしだの……。

「そりゃ酷(ひど)い言いぐさだねえ」

ああ。酷い嫁さ。思い出しても反吐(へど)が出る。

「その嫁があんたに何かしたのかい？」

ああ。そうだよ。順子がやったんだ。あいつがあたしを……。

「どうしたんだい？」

芳さん、なんだか気分が悪いよ。その話はやめにしようじゃないか。

「そうかい。やめるのかい？」

どうせ、ろくでもないことさ。順子のしたことだからね。留は芳の肩を抱き、耳の中に息を吹き込むように呟いた。とにかく、あんたはそんな目にあうこたあないよ。向こうがやる前に、こっちがやっちまうのさ！

「やるって何を？」

年寄りだって、やろうと思えばやれるのさ。相手が油断している時にひと思いに。

「それは何かいいことなのかい？」

ああ。いいことさ。あの女なしで、暮らせるようになるんだ。

「武夫とひかりは？」

留は少し、残念そうな顔をした。あんたがそうしたいと言うんならね。でも、あたしだって、新吉のことは諦めてるんだからねあんただって……。

「武夫とひかりとあたしと……そして留さんとこの家で暮らせるんだね。教えておくれよ。そのいいことってのを」芳の目は輝いた。

それから、二週間が過ぎ、文子はようやく芳の異常に気が付いた。

いや。厳密に言うと、異常はすでに何ヶ月にもわたって続いていたのだが、文子はあえて無視し、意識しないようにしてきたのだった。それが無視できない程度になってきたと言うに過ぎない。

芳は三度の食事を毎回必ず二度ずつ要求してきた。痴呆老人が食事をとったかどうかを記憶することができず、何度も食事を欲しがることはよく聞く話だった。そのような場合、要求する度にたとえ少しずつでも食事を与えれば満足するので、無理に説得するようなことはしない方がいいらしい。

文子は芳の分だけ二食分作った。文子と芳とひかりの三人が食事を終えた後、文子が洗い物をしているタイミングで芳が食事はまだかと言ってくると、文子は予め食事を載せてある盆を芳にわたす。後片付けが終わった頃、芳は口をくちゅくちゅと言わせながら、空の食器を載せた盆を持って、台所に戻ってくる。

最初は、どうせ食べきれないだろうから、次からは残りの量を見て作る量を決めればいいと思ったのだが、毎回綺麗に二食分平らげてくる。もっとも、それ以上は要求してこないので、文子はさほど深刻には考えなかった。最初から倍の量を出すことも考えたが、それでも二回目を要求する芳の姿が脳裏に浮かんできたため、実行には移さなかった。

独り言もどんどん激しくなってきていた。起きている時間の殆どは暗がりの中に隠れてぶつぶつと喋っている。しかも、時々力なく笑っているし、声色を変えて会話を装ってさえいるようだった。何度も芳に独り言を指摘しようかと思ったが、その時芳がどう反応するかと思うと、つい躊躇してしまっていた。自らの奇行を肯定しても、否定しても、それはそれでとても薄気味悪いことに思えたからだった。

芳は何かと文子を外出させようとするようになった。日に何度となく、買い物を頼んできたし、たまにはひかりを連れて映画か遊園地にでもいったらどうか、などと提案するようになった。ついには、家のことはあたしが面倒をみるからあんたはパートに出たらどうか、と言い出すようになった。

芳は自分を家から遠ざけたいのだ。芳も武夫もそしてひかりもこの家の者なのだ。ここがどんなに不気味な因縁を持つ家だろうともそれは動かせない事実だ。みんな――年端のいかないひかりでさえ――この家に愛着を感じている。一人自分だけがこの家にとってよそ者なのだ。そう思うと、この家に対する嫉妬とも嫌悪感ともとれる感情が文子の心に湧きあがってくる。

文子は嫁いでから、この家に受け入れて貰おうと努力を続けてきた。しかし、いっこうに馴染むことはできなかったのだ。文子は家にいる間、起きている時も眠っている時ものべつまくなしに強い拒絶感を感じていた。

そんなある日、珍しく芳が外出することになった。なんでも村の企画したイベントで、専用バスを走らせて普段家の中に閉じこもってる老人を各家庭から集めて、村立会館で芝居や歌謡ショーを見せるらしい。もう少し、税金の有効な使い道を考えて欲しいと思ったが、一日ぐらい芳が家にいない日があった方がいいかもしれないと考え直した。ひょっとすると、自分のように思う人間は案外多いのかもしれない。だとすると、この企画は成功だし、使われる税金も無駄ではないことになる。渋る芳を文子は半ば強引に送り出した。

「くれぐれも家にちょっかいなんか出さんでおくれよ」芳は出がけにそう呟いた。

「あたしがいないと仲裁できるもんがいないからね」

文子はまず芳の部屋を開け放して、掃除を始めた。芳の部屋は彼女が出入りする時以外はほとんど閉めきられていた。文子はもちろんひかりですら、部屋の中に入ることを芳は嫌っていた。掃除をする千載一遇の機会だ。

芳の部屋の中は饐えた臭いが充満していた。同じ臭いはこの家中に漂ってはいたが、ここではそれが濃縮された感じだった。文子は空気を一息すったとたん眩暈がした。

畳の上には黴だか苔だかが青い斑模様になっていた。あちこちずぶずぶに腐っていて、今にも文子の体重で穴が開きそうだ。こんな状態では普通の掃除機や箒では手におえそうもない。畳の掃除は諦めて、雑巾を握り締め奥に進んだ。

芳の部屋は非常に殺風景だった。家の中程にあるため、窓もなく昼間でも電球を点けなければならなかった。家具と言えば部屋の真中にある一人用の膳と高さ四、五十センチ程の小物入れだけだった。

膳の上は案外綺麗で、光沢があった。

と、思ったのは錯覚で、光沢に見えたのは表面に広がる液体の反射だった。粘度はかなり高そうだ。文子は恐る恐る雑巾を当ててみた。一拭きするだけで、白い雑巾は焦げ茶色に染まった。いったい何の汚れだろうと思い、文子は臭いを嗅いでみた。

その場で嘔吐してしまった。

それは糞尿の臭いだったのだ。いったいなぜ膳の上で排泄を行ったのかはわからなかったが、それが正常な行動だとは到底思えなかった。かなり変化が進んでいたので、数日前のものかもしれない。いやひょっとすると、芳はずっと膳の上で排泄を続けていたのかもしれない。膳の端から流れ出す汚物が畳に滲み込み、腐らせているのではないか。そう考えるだけで、また吐き気がした。それでも雑巾で自分の吐瀉物をくるむことはなんとかできた。痕跡はいくらか畳の上に残ってはいるが、この有様では丁寧に拭き取る必要はないだろう。

文子はふらふらとよろめき、小物入れに手をついた。はずみで、腐った畳の上で小物入れはすべり、反動で引出しが開いた。中にはぼろぼろになった大学ノートが一冊入っている。文子は無意識のうちに、それを取り出してぱらぱらと開いた。最初は全部のページが真っ黒に塗ってあるのかと思った。しかし、よく見ると微妙な濃淡から、何度も何度も鉛筆で重ね書きされたものだということがわかった。何重にも重なった文字は殆ど判読不可能だった。書いた本人も書いているその時を除いて、読むことはできないのではないかと思われた。

……大事な誰にも……あたしのものと……新吉の……あたしからこの家を取り上げるので……順子を……文子……

新吉や順子というのは聞いたことがない名前だったが、文子という文字が気にかかる。文子は立ち上がり、電球の光をノートに斜めに当て、反射率の僅(わず)かの差から文面を読み取った。

……この家は大事な誰にも渡さないしこの家はあたしのものとあたしとうちの人と新吉のものはあの女は悪い女があたしからこの家を取り上げるので殺さなくてはいけないから一思いに順子を殺すの殺すのは包丁で刺すのは文子というあの女は殺すから包丁を綺麗に研いだので先がとがってときときにときときときと尖(とが)って刺さるとときときと刺さるからわたしはうまく刺す……

包丁は綺麗に研いだ。留さんが言った通りに研いだ。文子がいない間に少しずつ研いだんだ。

嬉(うれ)しくなって、包丁の先に自分の指先を当てる。ぞくりとする感じがして、さっと一筋血が流れる。もったいないので、指を口の中に入れてちゅうちゅうと吸った。ほのかな甘味と指に広がる痛みがさらに幸福感を際立たせる。

ああ。やっと、あたしはこの家をあの女から取り戻せるよ。

包丁を握ると、今度は握った手の上からガムテープを何重にも巻く。

留さんは物知りだよ。こうすれば、力の弱い年寄りだって手から包丁を取り落すこともないし、文子に取り上げられることもない。包丁の先を文子の腹に向けて、体ごとぶつかればいい。あたしゃ、殺す時は首か心臓を狙えばいいと思ってたけど、留さんによるとそうじゃないらしい。首は顔の近くにあって、あまり大きくないから避けられ易いし、頸動脈の位置はわかりづらい。気管に突き刺されば窒息させられるが、高い位置にあって体重がかけられないので、年寄りの力では突き通すのは難しい。心臓は外からでは正確な位置がわからない。肺を傷つけたぐらいでは人間はなかなか死なないらしい。その点、腹の中には大事な臓器がいっぱい詰まっている。即死はしないが、死ぬ確率はとても高くなる。留さんはそう言ってたよ。そう。別に即死させる必要はないんだ。文子が苦しんで死んでくれるなら、そっちの方がいいぐらいだよ。

テープを巻き終わった手を振り回してみる。刃物がぎこちなく、空中をさ迷う。

なんだか、強くなったようなきがするねえ。手が長くなったみたいだよ。そうだよ。これはあたしの鋭い手だよ。これが本当の手だよ。あたしは騙されていたんだ。本当は強い手を持っていたのに、文子に騙されてもぎ取られてしまっていたんだ。でも、もう大丈夫さ。こうやって、本物の手が戻ってきたんだから。

新しい、ぎらつく手の先を舐めてみた。生臭く、懐かしい女の味がした。


文子は焦っていた。ひかりの着替えを手伝うのももどかしかった。

とにかく、ひかりを連れて一刻も早く、この家を出なくてはならない。芳はおかしくなってしまっていたのだ。いつからかはわからないが、少しずつ自分をなくしていったのだ。この家を守るために、文子を殺そうとしている。まったく筋が通らない。

文子はこの家なんか欲しくない。ただ、武夫の頼みで、芳の面倒を見ているに過ぎない。しかし、錯乱している人間に論理的な判断を期待するのは無謀だ。逆恨みで殺されてはたまらない。今のところ、芳は文子にしか、殺意を抱いていないらしいが、ひかりを置いていくわけにはいかない。文子がいなくなれば、怒りの矛先はどこに向くかわからない。

「どこに行くの？」ひかりが尋ねる。

「お祖父ちゃんとお祖母ちゃんのところよ」文子はひかりに言い聞かせた。

「お祖母ちゃんはここにいるよ」

「ここのお祖母ちゃんじゃなくて、東京のお祖父ちゃんとお祖母ちゃんのところよ」

「ここのお祖母ちゃんも一緒に行くの？」

文子は首を振った。「ここのお祖母ちゃんは行かないの。さあ、早く来なさい」文子はひかりの手を引いて、家の中の纏(まと)わりつくような空気の中を玄関へと向った。

ひかりは手を引かれながら、涙声で呟(つぶや)いた。

「お祖母ちゃんは来ないの？　でも、お祖母ちゃんは寂しくなんかないよね。お婆ちゃんの友達がいるから……」

激しい家鳴りがした。まるで、文子とひかりがこの家から出るのを阻止しようとしているかのようなタイミングだった。と、同時に明りが消えた。

文子はどきりとした。家中の照明を消すためには玄関にあるブレーカーを落さなければならないはずだ。もしこれが人為的なものだとしたら、誰かが玄関の辺りにいることになる。村の催しは何時までだったろうか？　思い出せない。食卓の上に役場からの印刷物があったはずだが、この暗さではどうせ判読できないだろう。

文子は深呼吸をした。もしこれが帰ってきた芳の仕業だとしたら、理由は何だろう？　家の中を暗くしてどうするつもりだろう？　おそらくノートに書いてあった計画を実行するつもりに違いない。このまま玄関に向うのはまずいかもしれない。

玄関の方からぎしぎしと音が近付いてくる。文子はひかりの手を握り締めた。どこかに隠れなければ、でもいったいどこへ？

音はどんどん近付いてくる。

文子はどこかから漏れてくるわずかな光を頼りに、押入れへと向った。この家の中にはやたらと押入れがあり、その半分はほとんど何も入れてない状態だった。その押入れはその中の一つだった。もちろん押入れに隠れるのは名案とは言い難かったが、うまくすれば家の中に姿が見えないのは留守だからだと思ってくれるかもしれない。外に探しに出てくれたなら、その隙に脱出できる。

　押入れを開けた瞬間、凄まじい臭気が噴き出してきた。この間、芳の部屋にあったのと同じ糞尿の臭いだ。足で探ってみると、汚物は押入れの床に広がっているようだ。その時になってようやく台所に懐中電灯があることを思い出した。何年も前に買ってそのまま置きっぱなしにしていたためまだ点くかどうかはわからないが、とにかく使ってみる価値はある。文子はひかりに絶対この場から動かないようにと言い含めて、台所に行って懐中電灯を探し出した。スイッチを入れると消え入りそうな橙色の明りがぽっと点いた。電池が古くなっているのかもしれない。しかし、少しは役にたつだろう。

　また、ぎしぎしと音が移動を開始した。ひかりの待っている部屋へ向っているようだ。文子は慌てて、引き返す。音と文子はほぼ同時にひかりの待つ部屋へ到着した。文子の心臓は凍り付きそうになったが、なんとか気力を振り絞って、懐中電灯で周囲を照らした。人影が浮かび上がる。ひかりだ。文子はひかりの元に駆け寄り、しっかりと抱きしめた。懐中電灯でさらに部屋の中を照らす。しかし、それ以上の人影はない。それにも拘わらず、物音を聞く限り、部屋の中を何者かが徘徊しているとしか思えない。何が起こっているのかわからない状態で無闇に動くわけにはいかない。文子はしかたなく、再び押入れに隠れる決心をした。

押入れの中を照らすと、どうやら奥の板壁の隙間から、汚物が滲み出しているようだった。文子は壁を強く押してみた。驚いたことに壁はずるずると動いた。それは壁ではなく、ただ板を立て掛けてあるだけだったのだ。今まで押入れの奥の壁を押そうなどと考えなかったため、気付かなかったのだ。これは天の助けかもしれない。文子は板を取り除いた。板の向こうには狭い空間があり、そこには急な梯子があった。梯子は天井裏に向っている。その時になって、ぎしぎしという物音は梯子の上から聞こえて来ることに気が付いた。文子は一瞬躊躇したが、もう一度動かないようにひかりに言い聞かせると、梯子を昇り始めた。

梯子はべとべとに濡れていた。どうやら、梯子を伝って汚物は押入れの中に流れ込んでいるらしい。文子は滑らないように一段一段力を込めて昇った。このまま永遠に昇りつづけるのかと思った頃、ようやく梯子の頂上に辿りついた。昇りきった所は四方を壁に囲まれていたが、その壁には茶色く変色した紙片がびっしりと隙間なく、貼り廻らされていた。それぞれの紙には漢字や文子の知らない文字が書き込まれている。

どうやら、お札らしい。まるで何かを封じ込めようとしたかのように見える。しかし、いったい誰が何を封じようとしたのか？

どんどん暗くなる懐中電灯で詳しく調べると、壁の一つから汚物が滲み出しているのがわかった。周囲のお札は真っ黒になっている。文子はその部分に手を押し当てた。

壁はあっさりと倒れた。この世のものとも思えない臭気が嵐のように文子を襲った。

あまりのことに文子はまたもや嘔吐（おうと）した。ざあざあと梯子を伝って、滝のように流れていく。

屋根裏部屋は見るも無残な有様だった。あちこちに原型すら留（とど）めていないほどに朽ち果てた残骸（ざんがい）があった。どうやら、家具や服などの生活用品だったらしい。それらの上、そして間の床にはなみなみと汚物が広がっている。腐敗した生ごみと糞尿（ふんにょう）の混合物だ。この家に満ちていた湿気と臭気と妖気（ようき）の出所はこれだったのだ。何重もの天井板のおかげか、あるいは隙間がすべて粘度の高い汚物で塞（ふさ）がれていたおかげかで、今まで大量の汚物が下の部屋に流れ出ずにいたのが、最近になって何かの均衡が破れて流れ出したのだろう。これが一時的なことか、さらに加速的に進行するのかは文子には判断できなかった。

残骸の一部が突然崩れた。文子は反射的にそちらに懐中電灯を向けた。残骸の表面から、泥のようなものがだらだらと流れ出す。文子は胃液を吐きながら、そこに近付いた。残骸の中に何かが蠢いていた。一体の屍がゆっくりと起きあがろうとしている。その頭には僅かばかりの白髪が名残を留め、大きく開けた口の中には歯は一本しかなかった。片方の目は殆ど閉じられていたが、もう一方の目は大きく開かれ、懐中電灯の光を反射して真っ赤に輝いていた。屍は全裸だった。手足は胴体に較べ異様にひょろ長く、それぞれ奇妙に捻じ曲がっていた。いや。汚物を纏っていたと言えるかもしれない。全身をびっしりと泥状のものが覆っている。そして、腰まで垂れ下がる干からびた乳房を見る限り、それは明らかに老婆だった。老婆は文子をしっかりと見定めると叫んだ。「うごろんぞ。だあめぶですとおお。りおんどろ。りおんどろなおみな」

文子は懐中電灯を取り落とした。老婆は驚くほどの俊敏さで飛び跳ねると、文子の方に向ってきた。懐中電灯を拾う余裕はなかった。文子は慌てて、梯子に駆け寄ると、できる限りの速度で降り始めた。だんだんだんと老婆が立てる爆音が聞こえた。この音だ、と文子は思った。さっき家の中を歩き回っているように思えた音は老婆が天井裏を動く音だったのだ。いや。ひょっとすると、今まで家鳴りだと思っていたのも、この老婆だったのかもしれない。つるりと足を滑らした。文子は最後の二メートルほどを落下し、しこたま強く腰を打った。下半身が痺れたようになり、まったく感覚がない。

「ひかり、どこにいるの!!」文子は半狂乱になって叫んだ。

返事はない。

梯子に摑まって、なんとか立ち上がることはできた。家の中はまだ完全な闇というわけではない。とにかく、ひかりを探さなければならない。少なくとも芳はひかりに対して悪感情は抱いていないが、あの老婆についてはまったく何もわからないのだ。得体の知れない分、遥かに恐ろしい。

文子は梯子から手を離し、歩き出した。相変わらず感覚はないが、ゆっくりとならなんとか歩けそうだ。

家鳴りが始まった。ぎしぎしと凄まじい音だ。しかし、部屋の中には自分以外誰もいない。廊下への襖を開ける。闇を通して左右を見る。やはり誰もいない。家鳴りはばりばりとさらに激しくなる。「うぬぞうんけれらあが。ひどろんごずおおお」

文子は気が付いた。そうだったのだ。今まであれはずっとこの家にいたのだ。それどころか、部屋にさえ自由に出入りしていたのだ。あれはこの家の家族と共にあったのだ。あれはみんなの死角に棲んでいたのだ。精神的な死角に。

文子は部屋の真中に戻りながら、天井を見上げた。あれはそこにいた。桟を手足で摑んで天井に貼り付いている。いや。単に貼り付いているだけではない。文子が移動するのに合わせて長い手足を操り、まるで蜘蛛のようについてくる。動く度にばりばりと天井が凄まじい音を立てる。しかも、腹部を下に向けている。動く度に垂れ下がる乳房が振り子のようにぶらぶらと揺れるので、それとわかった。

皮肉なことに停電が作った闇があれの姿をはっきりと曝し出したのだ。今までは電球の作り出す影の中に隠れていたのだ。そして、見たくないものを見ないでいるための心の影の中にも。武夫は無自覚のうちに老婆を見ていたのだ。しかし、自分の家の天井を奇怪な老婆が這い回っていることを認めたくないばかりに、それを夢にしてしまった。ひかりははっきりと老婆を認識していたが、文子もそれをそのまま事実だと受け取りたくなかったため、無意識に捻じ曲げた解釈を行っていたのだ。では、芳はどうだったのだろう？ 芳はあれを認識していたのか？

文子の背中に戦慄が走った。

芳はあれを認識していたばかりでなく、意思の疎通さえ行っていたのだ。芳の独り言は独り言ではなかったのだ。食事を二人分とっていたことも、部屋の中に汚物があったことにもそれで説明がつく。だとすると、あれは芳と協力関係にあって、一緒に文子を排除しようとしているのではないか。

文子は老婆を睨みつけた。桟を摑んで動き回るからにはかなりの力があるはずだが、文子を攻撃するためには天井から降りなければならない。壁を伝うにしても、飛び降りるにしても一瞬の隙ができるはずだ。その時に攻撃すれば、勝算はあるかもしれない。でも、真上から落下してきたら？

その場合は向こうにもかなりのダメージがあるはずだ。何か武器でも持っていない限りそんなことはしないだろう……。

文子ははっとして、もう一度老婆の姿を観察した。なんと老婆は両足と左手だけで、桟を摑んで這っていた。そして、おぞましいことに、右手の先は鋭い刃物になっていた。それを見た瞬間、文子はがたがたと震え出した。

逃げなくては、あんな化け物には到底敵わない。

廊下の方へ向き直った文子の目に人影が飛び込んできた。芳だ。手前にいるひかりの肩に手を置いて、こちらを睨みつけている。

「やめて。ひかりには手を出さないで」文子は絶叫したつもりだったが、ほとんど掠れ声しか出なかった。

「あんたたち、逃げ出そうとしてたんだね」芳の声は普段では考えられないほど力に満ちていた。

「まさか、こんなことになっているとは。早く帰ってきてよかったよ」

駄目。逃げられない。ひかりを人質にとられてしまった。

文子はがっくりと膝をついた。挟み撃ちの上に人質をとられては手のうち様がない。

文子は覚悟を決めて、老婆を見上げた。

老婆は左手を桟から離した。ぶらんと天井から逆さまにぶら下がる。刃物になった右手で、文子を真っ直ぐに指し示す。赤い目はこちらを真っ直ぐに見据え、歯が一本しかない口を大きく広げ、顔を歪(ゆが)めた。乾燥した皮膚にぼろぼろとひびが入る。笑っているつもりかもしれない。

このままでは危ない。

文子はなんとか立ち上がろうとした。その時、目を見開いて芳が突進してきた。芳から逃げなければ。しかし、体が硬直して身動きがとれない。頭上から何かの気配が近付いてくる。

文子は目を瞑(つむ)った。

どしんと芳の体がぶつかってきた。二人はそのまま倒れ、ぬるぬるする畳の上を数十センチ滑った。同時に一瞬前まで文子がいた地点に老婆が落下してきた。大音響が家中に響き渡る。

「留さん、目を覚ますんだよ。この子は順子じゃないんだよ」芳がはあはあと息も絶え絶えに言った。

「知ってるよ」消え入りそうな老婆の声がした。

「だって、あたしはあんたなんだからねえ、芳さん」

再び家鳴りが始まった。今までで一番大きな家鳴りだった。老婆の落下の衝撃を受けて、家中の柱や梁(はり)が微妙な歪みを解放しようと、振動を始めたのだ。そして、すでに何年も前から限界に達していた梁の一つがついに折れてしまった。天井が二つに裂け、大量の汚物と生活の残骸が老婆の上に降り注いだ。

文子と芳は一瞬で目の前にできた腐敗物の山を呆然と見つめるばかりだった。山の向こうからは、ひかりの元気な泣き声が聞こえていた。


「じゃあ、お姑さんは留さんがいつからこの家にいたのかはご存知なかったんですか？」文子は芳に尋ねた。

二人の横にはひかりもちょこんと座っていた。すべての部屋の畳は取り替えられて綺麗になっていたし、壊れた部分の補修も終わっていた。最初は家全体を取り壊して建て直そうかという話も出たのだが、結局芳の意見が通って最小限の補修工事のみを行ったのだ。武夫はまもなく単身赴任から戻ってくることになった。今回の事件のおかげかもしれない。芳やひかりには怪我はなかったし、文子の打ち身もたいしたことはなかった。結局、今回の事件はそれほど悪いことではなかったことになる。

「ああ。留さんがここにいるのに気が付いたのは三十年前だった。それより前のことはよくわからない。この家に引っ越してきた最初から棲んでいたのかもしれないし、何年かしてから自分が元々棲んでいた家に戻ってきたのかもしれない。留さんの記憶はほとんどないも同然だし、順子さんがとっくの昔に亡くなっている今となっては知りようがないんだけどね。

実はあんたと同じようにうちの人が押入れの奥の梯子に気が付いて、昇ってみつけたのが最初だったんだ。その頃の留さんはまだ襤褸を着ていたし、今ほど恐ろしい姿じゃなかったけれど、あの人はよっぽど驚いたんだろうね。梯子の頂上から落っこちまってね。それが元で数日後に亡くなっちまったんだよ」

「どうして、その時警察に通報しなかったんですか？」

「留さんは別に悪事を働いているつもりはなかったのさ。本人はただ自分の家の中に住んでいるつもりだったんだから。それにうちの人が死ぬ前に言い残したのさ。『あの婆さんは悪くない。できれば、俺が死んだ後も面倒を見てやってくれ』ってね。警察に知らせたら、留さんはたぶん病院に閉じ込められてしまうと思ったんだ。それだったら、別に差し支えもないことだし、この家に住まわせて上げようと思ったんだよ。本当は普通に床の上で暮らして貰いたかったんだけど、留さんはどうしてもそうしてくれなかったんだ」

留はこの家が今も自分の家だと思いつづけたかった。しかし、その幻想を保つためには、現にこの家に住んでいる家族に姿を見せるわけにはいかなかったのだ。それで、屋根裏に棲み、時々家の中や外に何箇所かある抜け穴——建築の段取り上自然にできたのか、意図的に作ったのかはわからないが、留はその場所を覚えていたらしい——

から、外に出ては家の外側や天井を這い回ったのだ。その間、留自身の意識は普通に部屋の中で生活しているつもりだったのだ。

「あたしは村のもんにも、武夫にも留さんのことは教えなかった。留さんは普段暗がりの中にしか出てこないし、武夫は家の中でしょっちゅうぎしぎし音がするのはそういうもんだと思っていたから、ばれる気遣いはなかった。ただ、あんたが嫁に来た時には心配だったんだが、今まではうまくいってたんだ。あんたが初めてこの家に来た時、天井を見ないように脅しをかけたのがよかったのかもしれないし、ひょっとしたら留さんが少しは気を付けたのかもしれないねえ」

確かに芳の脅しは強烈な暗示になって、天井を文子の意識からマスキングすることになった。しかし、留は文子の存在に強い違和感を持っていたのだ。おそらく、芳と文子の関係を嘗て(かつ)の自分と順子の関係に重ね合わせてしまったせいだろう。だから、文子に気付かれないようにする一方自分と芳を同一視し、文子に対する憎しみを募らせたのだ。

「留さんの様子がおかしくなっちまったのと、あたしの足が悪くなったのと、武夫の転勤が重なったのは運が悪かったとしかいいようがないよ。でも、留さんをこの家に残していくことも、留さんからこの家を取り上げることもできなかったんだよ。許しておくれ」

足が悪くなって、留のための食料を買い込むことができなくなった芳は呆けたふりをして、二人分の食事を文子に作らせていたのだ。しかし、留の状態はどんどん悪化し、芳になったつもりになって、家の中を歩くまでになっていた。

だから、あの日、芳は出かける時にもう一度文子に「おまじない」をかけようとしたのだ。しかし、今回はそれも空振りに終わってしまった。

「そろそろこうなる時期に来てたんです。お姑さんが気にすることはありませんよ。あの時、お姑さんの部屋や押入れの中に天井裏のものが流れ出してなくたって、近いうちにそうなってたのは間違いないんですから」

「しかし、不思議だねえ。留さんはどうしてあんな曲芸みたいな真似ができたんだろうね」

「人間の筋肉は元々普段出せる何倍もの力が出るようになってるんだそうですよ。ただ、そんな力をしょっちゅう出していたら、骨や筋肉自体がもたないので、大脳がそれを抑えているんです。留さんの場合は脳の機能がうまく働いてなかったようですね。お医者様によると、留さんの全身の骨には細かなひび割れが無数にあって、筋肉も何箇所かで断裂してたそうですから」

「そうかい。留さんはそこまでしなくちゃならないほど、この家に思い入れがあったんだね」芳は涙を拭いた。「この家はこのままにしておいてよかったね」

「ええ。でも、照明は蛍光灯にしてもよかったんじゃないでしょうか」文子は溜め息をついた。

「そりゃ駄目だよ。そんなことをしたら、留さんが落ち着かないだろうからさ」

文子は相変わらず闇に包まれている天井に向って呟いた。「やっぱり、このままの方がいいですか？」

頭上の闇の中で嬉しそうに影が蠢いた。

食性

初めて易子(やすこ)の部屋に行った時、彼女は仔犬(こいぬ)を抱いていた。

「ああ。ここはいいんだね」わたしは仔犬の白と灰色の混ざったふわふわした頭を撫(な)でながら言った。そのアパートは暗くじめじめしていた。だからと言うわけではないが、たぶんペットに関しても無頓着(むとんちゃく)なんだろうと思った。

「いいって、何が？」易子はきょとんとして言った。

「だから、ペットさ」わたしは易子の胸から仔犬を取り上げ、人間の赤ん坊にするように高い高いをした。仔犬は不思議そうな目をして、こちらを見ている。「名前はなんて言うの？」

「ちょび。可愛い名前でしょ」易子は微笑んだ。

「餌とかはどうしてるの？」

「どうしてるって？」易子は困ったような顔をした。どうも彼女とはうまく会話の歯車が合わない。ありきたりのことを言っているのに、それが彼女にとって意味不明であるらしいことが度々あった。

わたしは噛(か)み砕いて言った。「だから、君昼間は学校に行ってるじゃないか」

「ええ」

「ということはその時ちょびは部屋の中に一人ぼっちってことだろ」

易子はしばらく、遠い目をしていたが、やがて少し茶色がかった長い髪を掻き上げながら、笑い始めた。

「おい。何が可笑しいんだよ」わたしは少しむっとして言った。

「だって」易子は目尻の涙を手の甲で拭った。「あなたがなんのことを言っているかわかったんですもの」易子は質問には答えず、わたしの手からちょびを受け取ると、染みのついた床の上にそっと降ろした。そして、左右の手でちょびの前足を一本ずつ摑むと、あやすように振った。「ちょびは今日初めてここに来たの。あなたと一緒よ」

「買ってきたのかい？」

「ううん。拾ってきたの」

わたしはちょびを観察してみた。なるほど、捨て犬だと言われてみれば少し毛が黄ばんでいるようでもある。だが、まるで羊のような毛を持つこの仔犬は雑種にはとても見えなかった。「この犬、捨て犬じゃなくて、迷い犬かもしれないな」

「どうして？」

「だって、この犬、なんとかシープドッグとかいう種類の犬じゃなかったっけ？」

「オールドイングリッシュシープドッグよ」

「高いんだろ」

「高級犬だわ」

「そんな犬を捨てるやつなんか、いないと思うよ」

「そうね」

「『そうね』って、それだけかい？　飼い主を探した方がいいんじゃないかな」

「どうして？　あたしが拾ったんだから、ちょびはもうあたしの犬よ」

「ちょびって名前も君が付けたの？」

「ええ。そうよ。あたしの仔犬だもの」

僕は溜め息をついた。「このまま飼っていて、元の飼い主が見つけたら、面倒なことになる。それに餌のこともあるし……」自由奔放なのは彼女の大きな魅力だけれど、少しは常識を身につけるように言った方がいいかもしれない。「で、どこで見つけたの？　まさか、河川敷に置かれたダンボールの中に『この子を拾ってください』て書き置きと一緒に入ってたんじゃないよね」

「緑が丘公園で拾ったの。他の同じ種類の仔犬と一緒に嬉しそうに駆け回っていたの。あたし、一番可愛い子を捕まえたのよ」

「ひょっとすると、それは捨ててあったのでも、迷ってたのでもなくて、単に公園に放して遊ばせていただけなんじゃ……。ん？」わたしは部屋の隅に小さな首輪が転がっているのに気が付いた。「これは？」

「ちょびの首輪よ」

「首輪をつけてたのかい?!」

「ええ」

「じゃあ、正真正銘の飼い犬だよ、これは」

「そうなの？」易子はにこにこと笑った。

彼女の笑顔を見ていると、こっちもつい和やかな気持ちになってしまいそうになる。しかし、けじめはつけておかなければなるまい。わたしは頭をぶるぶると振って正気に戻ろうとした。

「人の飼い犬を断りもなしに連れてきてはいけないんだよ」

「でも、もう現に連れてきてしまっているのよ。今更どうしようもないわ」

「いや。今からでも遅くはないよ」僕は諭した。「飼い主を探して、返すんだ」

「だめよ」易子は悪戯っぽくちょびの頰を突ついた。「だって、あたしこの子が気に入ったんだもの。どこの誰だかわからない人に渡すわけにはいかないのよ」

「飼い主からすれば、どこの誰だかわからないのはこっちの方なんだよ。素直に勘違いだと言って謝ればきっと許してくれるさ。それにひょっとしたら、飼い主は仔犬の貰い手を探しているのかもしれない。仔犬がたくさん生まれた時にはそういうことがよくあるもんだ。だとしたら、譲って貰えるだろう。ちょびの正式な飼い主になれるんだ」

易子はまたけたけたと笑った。「あなた、妙なことを言うのね。正式な飼い主って、どういうこと？」

わたしは頭を抱えた。彼女は本当に理解できないんだろうか？　それとも、理解できない振りをしているだけなのか？

「もちろん、正式な飼い主になったたって、ここには置いとけはしないけどね。昼間、ほったらかしにしとくには、ちょびはまだ小さすぎると思うよ」

「ほったらかしになんかしないわ」易子はぽつりと言った。

「それにこのまま飼ったとして、元の飼い主に見つかったら、まずいことになるかもしれないよ。確か、ペットは飼い主の所有物として扱われるはずだから、拾得物隠匿か、悪くすると窃盗で訴えられるかもしれない」

易子はさっきよりもいっそう激しく笑い出した。

「いや確かにいくらなんでも、それは大げさだけどね」わたしは照れ笑いをした。

「でも、このまま黙って飼うのはよくないと思うよ」

「飼い主に見つかるのがまずいってことよね」易子はちょびを膝の上に載せ、仰向けにして、腹を撫でた。ちょびは嫌がる様子もなく、全身の力を抜いてリラックスして、悪戯っぽい円らな瞳をくるくると動かしている。易子が首の辺りを擽ると、うっとりと目を閉じた。「でも大丈夫だわ。あたしはこの子を飼う気なんかないし、だいいち証拠もなくなるもの」

易子は優しい微笑を浮かべたまま、ちょびの喉を押しつぶした。

「あなたのショクセイを教えていただけますか？」練子は確かにそう言った。易子のことを考えていたわたしはいっきに現実に引き戻された。

「えっ？　今なんとおっしゃいました？」わたしは聞き間違いをしたのだろうと思って聞き返した。

「ショクセイです。あなたのショクセイをお聞きしたいんです」目の前の芯の強そうな女性はつんとして繰り返した。

スプーンでコーヒーをかき混ぜながら、しばらく「ショクセイ」という音を持つ単語を頭の中で検索したが、この場に相応しい単語は一つも思いつかなかった。「食性」はもっとも可能性のありそうな言葉ではあったが、常識的に考えて見合いの席で重要な意味を持つ言葉だとは考えにくかった。わたしは少し暗い気持ちになった。これでは先が思いやられる。昔ながらの見合いのやり方なら、親か世話人が付き添ってくれて、こんな時うまく話を繋いでくれるのだろうが、今風の見合いはいきなり待ち合わせをして、二人っきりでデートをするのが普通だという。最初から恋人同士のように打ち解けられるという利点もあるのだが、会話がぎくしゃくとした時など、本当に困ってしまう。こんなことなら、目印の赤いコサージュに気付かなかったことにして、帰ってしまえばよかった。

だが、いつまでもぼうっとしているわけにもいくまい。わたしは恐る恐る答えてみた。『食性』っていうのはつまりあれですか？　動物が何を食料とするかと言う意味の。肉食性とか、草食性とか。確か人間は雑食性だったと思いますが」

「人間は本来雑食性ではありませんのよ。両方食べるから雑食というのは乱暴な考えですわ。それから、わたしは人間の食性ではなくて、あなたの食性をお聞きしたいんです。つまり、肉食性か、菜食性かということですわ」

「なるほど。そういうことですか。合点がいきました」

「で、あなたはどちらですの？　肉食性ですか？　菜食性ですか？」

「………」わたしは言葉に詰まってしまった。人間の食物に関する嗜好を食性と呼ぶのは初耳だったが、動物のそれに喩えているのだと思えば、わからぬでもない。しかし、ふだん自分のことを肉食主義だとか菜食主義だとか考えたことがなかったのだ。

「べつだん、こうとは決めていません」

「決めてないということはお肉をお食べになるのね！」練子の目が吊り上った。「失礼ですけど、お肉を食べるということの意味をよく考えたことはおありですか？」

 つい最近、嫌と言うほど考えたばかりだったが、わたしはそのことには触れたくなかったので、無言で首を振った。

「肉食というのはとても残酷なことなんです。そう思われませんこと？」彼女は同意を求めているらしい。

「急にそう言われましても……」わたしは言葉を濁した。この場から早く逃げたかった。

「肉食というのは野蛮なことなんです。狩猟民族がすることです。文明というのは農耕から生まれたんです」練子はまくし立てた。

狩猟民族から生まれた文明もあったような気がしたが、敢えて反論はしなかった。歴史にはそれほど詳しくなかったし、議論する気力もなかった。「そうかもしれませんね」

「ねっ。そう思われるでしょ」練子は満面の笑みを浮かべた。「当然ですわね」

この場だけ、話を合わせておけばいいんだ。会うだけ会ったんだから、上司への義理は果たした。適当に相槌を打って、あとで断りの電話を入れておけばいいんだ。そうして、易子のところに戻るんだ。あの血腥い部屋に。

「だから、あなたもこれから、菜食になさったら？　それが文明人というものですわ」

菜食主義か。なんと味気ないことだろう。彼女はこれまでも、そしてこれからもずっと精進料理ばかりを食べ続ける気なのだろうか？　まったく正気の沙汰とは思えない。

「それもいいかもしれませんね。でも、蛋白質を取らなければ、栄養のバランスを崩してしまうんじゃないですか？」

「まあ、そんなことを信じてらっしゃるなんて、とんでもないことですわ。最初の肉食禁止令が出たのは白鳳時代で、日本人は奈良時代から明治になるまで肉食をしなかったんですのよ。もし、菜食で栄養バランスが崩れるなら、日本人は生き延びてこれなかったはずですわ。肉なんか食べなくても豆には良質な蛋白質が含まれてるのですから」

真剣に話す練子の様子を見ているうちに確かにそんなものかなという気になってきた。

「肉食をしていると、だんだん攻撃的で粗野な性格になっていくのをご存知かしら？　肉食文化っていうのは狩猟から生まれたものなんです。狩猟ってすべてが競争でしょ。いい狩場が見つかったら、それを独り占めして他の人間を追い出さなくてはならないし、自分の狩場から獲物がいなくなったら、他の人が持っている狩り場を侵略して奪わなければならないんですものね。

逆に菜食をしていると、穏やかで平和的な性格になっていくんです。菜食文化は農耕から生まれたものですからね。農耕というのは協力関係が基本になっているんです。畑を耕したり、収穫したり。自分一人でやるよりも、みんなで力を合わせた方がずっとうまくいくから、自然と和の精神が育まれたというわけなんです」

論理の筋道はちぐはぐな感じがしたが、彼女には説得力があった。熱意の籠った言葉につい相槌を打ってしまう。

「西洋人ていうのは元が狩猟民族だから、個人主義で人との諍いが多いんです。だから、銃社会がいつまでたっても解消しないわけですのよ。日本人は農耕民族だから、和を大事にしてきたのに、明治以降肉食を覚えてしまって、それで急に荒っぽくなって戦争を始めることになってしまったんです。戦争が終わった後はしばらく肉が不足して、美徳が戻ってきたんですけど、西洋文化が蔓延ったおかげで肉食が随分進んでしまって……。最近、犯罪、それも年端もいかない子供たちの犯罪が増えてきたのにはこんな理由があったんですのよ」

ヨーロッパ人の大部分は農耕民族だったはずだ、と思ったが、反論はしなかった。

「なるほど。でも、本当に肉を食べなければ、うまくいくんでしょうか？　肉好きの人たちの中には今あなたがおっしゃったことを聞いても根拠のないことだと、一蹴する者もいるかもしれませんよ」

「あなたもそうなのかしら？」

軽い吐き気がした。嫌なことを思い出しそうだ。

「いえ。そういうわけではありませんが」わたしは慌てて弁解した。

「あら。本当のことをおっしゃっても別に構いませんのよ。たいていの人はわたしの言うことをまともに聞こうとはされませんのよ。そんな実証できない理由でうまい肉をやめるなんて馬鹿げてる。そうお思いでしょ？　でもね。考えてご覧にもなって。肉は元々動物だったんですよ。命あるものを殺すなんて、いいことのはずはありませんわ。動物はみんな死を恐れます。それを無理やり殺して食べるなんて、こんな惨いことがあるでしょうか？」

「でも」易子がちょびの喉を押しつぶす光景が頭の中で再現した。「僕は動物を殺しちゃいない。誰かが殺した動物の肉を食べるだけなんですよ」

「あなたが食べなければ、その誰かは殺しはしなかったんです」

「そんなことはない。たとえ僕が食べなくたって、誰かが食べたに違いない。肉屋にはいつも肉がならんでいる」

「肉を食べる人は大勢います。その人たちのために毎年何億もの命が屠られているのです。それは認めますね。動物たちが殺されるのはその人たちのせいだと」

「ええ。でも、肉を食べる人はとてもたくさんいますからね」

「どれだけたくさんいたって、罪は消えはしないんです。一億の人間全体に殺害の罪があるとすれば、あなたの罪はその一億分の一あるんです」

「一億分の一でしょ。微々たるものじゃないですか」

「何億もの動物を殺した罪の一億分の一です。一人で何匹もの動物を殺しているのと同じことです」

「そんなはずはない。僕はそんな殺しをしたりはしない！」わたしはつい叫んでしまった。

「いいえ。あなたは立派な殺害者なんですよ。ただ自覚していなかっただけ」

ちょびの目を思い出した。澄んだ目。純真で疑うことを知らぬ目。

「ああ。そんなつもりはなかったんです。僕は決して殺したくなどなかったんです。ただ、与えられたものを食べただけなんです。だって……だって……食べるようにと……」

「もうこれからは食べてはいけません。あなたは理解したんですから。さあ、わたしと共に正しい生活を始めるのです」

「ああ。なんということだ。僕は食べてしまった。僕も同罪なのだ」わたしは激しい眩暈（めまい）を覚え、向いの席に座っている練子の手を無我夢中で摑（つか）んだ。

ちょびは目を見開いていた。何が起きているのか理解できないと言っているかのようだった。

わたしも一瞬何がどうなったのかわからなかった。さっきまで、優しく微笑んでいた易子がちょびの喉を押しつぶしたのだ。いや。易子は今も微笑んでいる。天使のように甘く、清らかに。

「な、なんてことを……」わたしはやっとそれだけ、喉から搾り出した。

「どうしたの？」易子はわたしの頬を撫でた。「真っ青よ」

わたしは易子の手からちょびをもぎ取った。

まだ大丈夫なはずだ。きっと死んじゃいない。

「ちょび！　ちょび！」わたしはちょびの顔を軽く叩いた。ちょびの目はわたしを見ていた。しかし、ぴくりとも動かない。だらりと肢を垂らしている。わたしはちょびの口に手を当てた。呼吸が止まっている。腹に手を当てると、ちょびの温かみが伝わってくる。だが、鼓動が残っているかどうかはよくわからなかった。

わたしはすっかりうろたえてしまった。応急処置をしなければということはわかっているのだが、具体的に何をすればいいのか思いつかなかった。

「救急車だ」僕は叫んだ。

「あなた、正気？　犬のために救急車が出動してなんかくれないわよ」

「この間、テレビでやってたんだ。動物専門の救急病院があるって、そこに電話すれば車を遣してくれるって……」

「へえ。そうなの。で、その病院はどこにある、なんて病院？　電話番号は？」

「そんなこといちいち覚えているわけないじゃないか！」

「そうよね。普通はそうだわね」易子はのんびりとした調子で答えた。「どうするの？」

こうしている間にもどんどん時間が過ぎて行く。動物病院の電話番号がわかったとしても、おそらく近くではないし、遣してくれるのは当然本物の緊急車両ではない。

わたしはちょびの口吻をくわえ込むと、息を吹き込んだ。空気がちょびの半開きになった口の端からもれ、唾液がふらふらと糸を引く。わたしはちょびを仰向けに寝かせた。

犬の心臓はどこにあるんだろう？　人間と同じく左胸だったろうか？

だが、調べている暇はない。わたしはちょびの胸に両手を当て、体重をかけた。心臓マッサージのつもりだった。しかし、大の男の体重は仔犬の骨格には重すぎたようだった。軽い抵抗を残し、わたしの掌はちょびの中に沈みこんだ。ちょびの体が少し動いたような気がした。

「今ので本当に命は終ったわね」易子が呟く。

わたしはもう一度ちょびの口の中に呼気を吹き込む。何かがわたしの口の中に逆流してきた。それは暖かく塩辛く生臭かった。わたしは咽て、ちょびから体を離した。口から垂れたちょびの血が服に染み渡っていく。

易子は声を立てて笑った。そして、顔を近づけるとわたしの唇と顎に滴る血を舌の先で器用に舐めとった。「落ち着いて、もうちょびは死んでしまったのよ。何をしてももう駄目なのよ」

わたしは目を見開いた。ちょびはほんのさっきまでと同じように澄んだ目をしている。首から胸にかけての陥没がなければ眠っているかのようだ。

「床が汚れてしまったわ。気を付けてね。いつも血抜きはお風呂場でしているんだから」彼女は冷静な口調で言った。

「……いつも……血抜き」わたしには彼女の言葉の意味がとれなかった。

「そうそう」易子はぽんと手を打った。「お風呂場に連れて行く前に念のためにっと」

彼女は拳を作ると、何度もちょびの喉と腹を殴った。

「何をしている?」わたしは掠れ声を振り絞った。

彼女は無心に作業を続けている。

「何をしているんだ?!」わたしは声を荒げ、易子の両肩を掴んだ。

「念のためよ」易子は少しうっとうしそうに、わたしの手を払った。

「念のため？」

「だって、完全に殺しておかないと、突然蘇生することがあるんですもの。前なんて捌いている最中に生き返っちゃって、顔が半分なくなっているのに、腹から腸を垂れ流しにしながら、わたしの方に歩いてきたのよ。あんな恐ろしい目はまっぴらだわ」

「なぜ君はこんなことを……」

「新鮮なお肉はおいしいのよ」

「肉？」

「そう。仔犬は柔らかくておいしいの」

衝動的に練子と結婚したことを後悔し始めたのは一年ほどしてからだった。

練子と話をするまで、わたしは易子の呪縛に囚われていた。それが解けた反動で、あの時わたしはただただ易子の影から逃れたかったのだ。おぞましい肉食の娘を忘れるためだけに、菜食の女と結婚したのだ。

もちろん最初の頃は結婚生活に満足していた。

易子への愛情が冷めてからというもの、わたしは肉がまったく喉を通らなくなってしまった。思い起こせば自分はなんと惨たらしいことをしてきたのだろう。生命あるものを無理やりに殺し、その死肉を日々貪っていたのだ。易子がしたことは一見とてつもなく残忍なことのように見えたが、本当はわれわれも同罪なのだ。われわれは金を払って肉を買う。突き詰めて考えれば、みんな死肉を食らいたいのに自分で手を汚したくないばかりに金を払って業者に生き物を殺して貰っているのだ。同じ肉食をするなら、易子のように自ら手を下す方が罪がないとも考えられる。自分がいかに残酷であったか思い起こすと身震いがした。

そんな時に出会った練子がわたしには天使に見えた。

彼女は動物を決して口にしない。菜食主義者の中には卵や魚を食べる人もいるが、彼女はどちらも受け付けなかった。

「有精卵でなければ、食べても大丈夫だなんて言う人を信じてはいけないわ。あの人たちは口では生命の尊さを謳っているけれど、本当は生命を食べたいだけなの。一種の吸血鬼よ。受精しなければ生命にならないとしたら、生命は連続していないことになるのよ。卵に生命がないとしたら、いったん死滅した後に生命が生まれることになる。そんな馬鹿らしいことを信じているなんて！　生命を食べたいばかりに無理やりこじつけているだけだわ。あなたも知っているわね。ある種の下等動物は未受精卵からでも発生するってことを。つまり、卵はそれだけでちゃんと生きているのよ。魚にいたっては正真正銘の動物よ。魚を食べる人は江戸時代以前を引き合いに出して言うの。『江戸時代の人たちは菜食主義だったけれど、魚は食べていた。だから、魚を食べることは肉食に入らないのだ』と。まったくもって、白々し言いぐさよね」練子はことある度に口の端に白い泡を溜めて、自慢げに講義をした。

　結婚当初はそんな彼女をただにこにこと眺めていたわたしも、毎日毎日繰り返される言辞に次第に嫌気がさしてきた。彼女の言葉に集中できず、ついつい虚空を見つめ、心が現実から遊離してしまう。妻の顔は単なる景色となり、声は無機質な音になる。そんな時、彼女の向こうからゆっくりと易子の顔が現れてくる。易子の鮮明で濃い色の肌は強い肉のにおいを放っていた。生臭い息を感じ、ごくりと喉をならす。

「あなた！　聞いているの?!」妻が掌をどんと膳に叩きつける。

「えっ？　ああ。聞いているとも」わたしはどきりとして、辻褄を合わそうとする。

「まったくたいしたもんだよ。その江戸時代の人は」

　妻の目が吊り上る。「何を言っているの？　どういう理屈でそうなるのよ！」

　しまった。しくじったようだ。

「いや。そういう意味ではなくて、その、比喩的な意味でのことだよ」

　妻は首を傾げる。「まあ。いいわ」妻は込み入った理屈に弱かった。これ以上、責めるとまたわたしが苦し紛れに屁理屈を捏ねるとふんだらしく、簡単に引き下がった。

　わたしは心の中で胸をなで下した。

「ところでね。あなた」妻は少し優しい口調で言った。「昨晩はどこにいらしてたの?」

「き、昨日は残業だと……」

「そう。残業だというのね。じゃあ聞くけど、これは何かしら?」妻は小さな包み紙を差し出した。

冷や汗が流れ出した。

「見ての通りガムだよ」

「どうして、ガムなんか持ってるのよ?!」

「た、たまにはガムぐらい買うさ。煙草を吸わないんだから、そのぐらいのことは……」

「惚けても無駄よ。これは焼肉屋で貰う口臭消し用のガムでしょ」

その通りだった。妻にばれないように大蒜入りのたれは使わず、醤油だけを使ったので、噛む必要もないだろうと、ポケットに入れて持って帰ってしまったのだ。

「友達から貰ったんだ」わたしはもごもごと言い訳をした。

「この期に及んでまだ白を切るつもり、わたしは昨日からちゃんと気付いてたのよ。あなたの背広から悪臭が漂っていたんですからね」

たっぷり臭い消しを振りかけておいたのだが、ふだん嗅がない肉の臭いには敏感らしい。

「部長の誘いでどうしても断れなかったんだ。ほら。いつも宴会を欠席しているだろ。たまには付き合わないと機嫌を損ねちまう」

「何よ！　そんなのは肉食したいがための言い訳だわ!!　肉食するぐらいなら、出世なんか、諦めればいいのよ！」彼女は大声で喚き散らした。このマンションの壁は薄く、隣近所に響き渡っているに違いない。

「肉は食ってないよ!!」わたしもついつい怒鳴ってしまう。「俺は野菜ばかり食べてたんだ!!」最近は毎日のようにこんな調子で罵り合っている。きっと、マンション中で評判になっていることだろう。

「また嘘をつくつもり？　最初は自分で買ったと言って、その次は友達から貰った。そして、今度は焼肉屋に行ったけれど、肉を食べてないって?!　馬鹿にするのもほどほどにしてよね!!」

「本当だよ!!　肉には全然口をつけてないって！」わたしはむきになった。

「よしんば、それが本当だとしても」妻は唾を飛ばしながら言った。「野菜と肉は同じ皿の上に盛ってあったんだろうし、同じ金網の上で焼いたんでしょ。肉を食べたのと同じことよ！」妻の顔は羅刹のようだった。

菜食主義者は穏やかだって？　聞いて呆れる。

「ああ。そうだよ。俺は肉を食べたよ！」わたしは開き直った。

「やっぱりそうだったのね!!」練子はわたしの顔を引っかいた。

痛みはたいしてなかったが、妻の表情の物凄さに身が竦んでしまった。まさに肉食獣のようだった。

頬に手を当てるとぬるぬるとした生暖かいものに触れた。指を伝って血が唇に触れた。

口の中に懐かしい味が広がった。

「食べれば罪にはならないのよ」易子は微笑んだ。

「罪にならない……」

「そうよ」易子は器用に小さな体から肉を切り出して、大皿に丸く並べていく。「食べるために動物を殺すことは悪いはずがないわ。もし、そうだとしたら、肉食動物たちは生まれながらに罪を背負っていることになる。それにほとんどの人たちは他の人に殺して貰った肉を食べているじゃない。それは罪深いことかしら?」

「わからない」わたしは首を振った。

易子はセーラー服をぬいで全裸になっていた。血で汚れるのが厭なので、捌く時はいつも裸になるという。蜜柑のように明るい若い肌に点々と鮮血が飛び散り、華やかな色取りを添えている。心なしか上気し、女の匂いを放ち始めている。

「肉を食べることは罪深くないわ。だって、生きていくためだもの。生き物たちは生命の鎖を断たないために互いに自らの命を捧げ合うの。それはとても、自然で美しい秩序あることよ」

「でも、犬や猫を食べるなんて……」僕は吐き捨てるように言った。

「牛や豚や鶏の命は軽くて、犬や猫や小鳥の命は重いと思っているの？」

どう答えていいか、わからなかった。頭の中がぐるぐると回るような気がした。

「命が重いとか、軽いとか、そういうことじゃないだろ」

「じゃあ、どういうこと？」

「牛や豚は元々食用じゃないか。犬や猫は違う」

易子は作業をやめ、くすくすと鈴を転がすような笑い声をたてた。「食用って、なにそれ？」

「食べてもいいってことだ。食用以外の動物を殺して食べるなんて、残酷で野蛮なことだ」

「あなたが今まで食べてきた肉たちは知っていたのかしら？」

「何を？」

「自分たちが食用だって」易子は両肩から胸へと流れる髪の束を両手で、背中の方に回した。血飛沫が霧のように飛び散った。「ねえ。どこで見分けるの？　食用かそうじゃないかって？」

「牛や豚は食用だよ。当たり前じゃないか？」

「羊は？」

「羊も食用だ」

「山羊は？」

「よく知らないけど、多分食用じゃないかな」

「馬は？」

「馬は……食用だと思う。コンビーフの中に入ってたはずだから」

「蜥蜴は？」

「馬鹿なことを言うなよ。そんな気色の悪いもの食べられるかよ」

「蛇は？」

「ゲテモノさ」わたしはだんだんと腹がたってきた。「食う人もいるけど、神経を疑うよ」

「カンガルーとか、鰐は？」

「ああ。時々、テレビで食べてたりするさ。でも、あんなのは普通じゃない。まともな文明人なら、そんな野蛮なことはしないものさ」

「蛙は？」

「蛙を食べるなんて……いや、種類による。食用蛙というのがいたはずだ。あれは確かに食用だ」

「犬は？」

「犬は食用じゃない。そんなこと、まともな人なら考えないよ」

「中国には食用犬というのがいるのよ」

「まさか」

「本当よ」易子は肉を並べた大皿を持って立ち上がった。手首から腹にかけて、一筋血の流れができていた。

「こう言っちゃあ、なんだが」わたしは易子から目を離すことができない。「そんな風習はだんだんと廃れていくと思うよ。先進諸国では考えられない」

「蛞蝓(なめくじ)は？」

「ふざけるのもいい加減にしろよ」

「蝸牛(かたつむり)は？」

「だから、馬鹿なことを……」言うんじゃない、と言おうとして、フランス料理のことを思い出した。危ない。危ない。もうちょっとで引っ掛かるところだった。「蝸牛は食用さ。フランス料理で使うもの」

「全部の種類の蝸牛がそうなの？」

「いや。詳しくは知らないけど、調べれば簡単にわかるさ。どれが食用かはちゃんと決まっているはずだよ」

「誰が決めたの？」

「知るもんか！　きっと、フランスの偉い料理人だろ」

「その人が決めたから、食用になったの？　もしその人が決めたら、蚯蚓も食用になったの？」

「そんな馬鹿なことがあるものか！　蚯蚓を食うやつなんているものか？」

「どうして、そう思うの？」

「当たり前のことだからだ」

「何が当たり前？」

「どの動物が食用かということだ。そんなことは誰でも知っている」

「知ってる？　ヒンドゥー教徒は牛を食べないのよ。聖なる動物だから」

「だから、どうだって言うんだ？」

「イスラム教徒は豚を食べない」

「豚が聖なる動物なのか？　宗教は特別だ。わけのわからない戒律があるんだよ」

「豚は穢れた動物だから食べないの」易子はわたしの肩から背中に掌をゆっくりと滑らせていく。「欧米人は鯨を食べない」

「それは、つまり保護のためだ」

「いいえ。欧米人は大昔から鯨を食べなかった。捕鯨をしていても、肉は捨てていたの」

「……鯨は本当は食用じゃないんじゃないかな？　日本人は食べていたけれど」

「本当にそんなこと信じているの？」易子はわたしの唇の数ミリ先まで自分の唇を近づけた。甘酸っぱい匂いが鼻腔を刺激する。

「わからない……」

「何が食用かなんて、その国その宗教で勝手に決めているのよ。全部人間の都合で決めたこと。なんの根拠もないわ」

「でも……でも、君はちょびを殺してしまった……」

「あなたのために毎日牛や豚や鶏が殺されているじゃないの。何を今更気にすることがあるというの？」

「僕は……じゃあ、僕はどうすればいいんだ？　肉を食べなければいいというのか？」わたしは易子の細い肩を握り締めた。

易子は吐息混じりに小さな声をあげた。「肉だけじゃない。あなたが食べる野菜や果物も命があったのよ。あなたは自分が生き延びるために、他の命を犠牲にしているの」

「植物の命は動物と同じじゃない！」

「誰が決めたの？」

わたしはああと唸りながら、易子の胸に顔を埋めた。

「苦しまなくてもいいの」易子はわたしの髪の毛を摑むとぐいと起こした。「それは許されていることなのよ」易子は熱く濡れた唇をわたしの口に押し当てた。「生き物たちは互いの命を捧げ合うの」わたしの唇を割って、生ぬるい唾液と共に舌が差し込まれてくる。猛烈な快感に囚われ、とても目を開けていられない。「食べれば罪にならないのよ」

それは易子の舌ではなく、ちょびの肉片だった。


駅から出るまでそんな気は全然なかったのだが、その日はなぜか駅前のファーストフードの看板が眩しく見えた。

その日、練子は同窓会に出席して、帰りは遅くなるはずだった。

気が付くと、わたしはハンバーガーの入った紙袋を握り締めていた。

家への道を進む間、わたしの手はずっと痙攣しているかのように震え続けた。握りつぶされたハンバーガーから滴るソースがまるで血のように紙袋を染め上げる。

家の前についた時、鍵を取り出そうと、背広のポケットに手を突っ込んだ時、べちょりとした感覚があった。

どうしよう？　ソースに塗(まみ)れたまま、手を入れてしまった。大丈夫だ。落ち着くんだ。こっそりクリーニングに出せばいい。配達でなく、自分で取りにいけば、ばれはしないだろう。

わたしはドアを開け、暗い玄関に入った。

ようやく落ち着いてきた。自分の手の中にあるもののことを考えると、自然と顔が綻(ほころ)んでくる。宣伝文句が本当だとしたら混じりけなしの正真正銘の牛肉だ。ハンバーガーを食べるなんて、いったい何年ぶりだろう？

まだ食べてもいないのにわたしの舌はすでにとろけるような挽肉(ひきにく)の味わいを感じていた。わたしの全身の細胞が肉を求めているためか、ぶるぶると震え思わず呻(うめ)き声まで出してしまった。

わたしは暗闇の中で深呼吸をすると、ハンカチで手を拭(ぬぐ)い、手探りで壁にある蛍光灯のスイッチを入れた。

廊下に練子が立っていた。

わたしは息ができなくなり、紙袋を練子の前に放り出してしまった。

練子の目は真っ赤に見開かれ、半開きになった口からは湯気とも泡ともつかないものが溢(あふ)れ出していた。

わたしは後ずさりをしようとして、玄関にあった靴かサンダルかに足を引っ掛けて、尻餅をついてしまった。恐ろしくて、顔を上げることすらままならない。無意識のうちに頭上で手を合わせ、そのまま土下座の態勢に入った。

今度ばかりはどんな言い訳も通りそうにもなかった。ただただ頭を下げて許してもらうしかない。

練子は何も言わなかった。

いや。何か唸り声のようなものが聞こえる。

わたしは恐る恐る練子の様子を窺った。

練子の目は普通では考えられないぐらいに吊り上り、眉間から額にかけて扇型に深い皺が刻まれていた。怒りのあまり筋肉が暴走し、顔つきが人間のものではなくなっている。練子はわたしに向って廊下を一歩どしんと踏み出した。紙袋を踏みつけ、ソースに足を取られたのか、そのままずるりと滑り、廊下に置いてあった壺の上に倒れこんでしまった。

あまりのことにわたしは一瞬声を出して笑いそうになったが、なんとか飲み込んだ。

練子は憮然としてわたしを睨みつけている。

はて、こちらから先に何か言うべきか？　それとも、練子の言葉を待つのが賢明だろうか？

話を聞いてくれ。これは君の誤解なんだ。これはつまり……そう駅前で無料サンプルを配ってたんだ。まさか、ハンバーガーだとは気付かなくて、多分……ええと……新しいシェービング・クリームかなんかだろうと思ってね。それで持って帰ってしまったんだ。まさか、これがハンバーガーだったとは。

言いたいことはそれだけ？　妻の目はまったく笑っていなかった。それ本気で考えた言い訳？　それともセンスの悪い冗談なの？　馬鹿にするのもほどほどにして。ハンバーガーそのものを無料で配るだなんて話聞いたことないわ。あの人たちが配っているのはたいてい割り引き券か何かだわ。

肉を食べない君がどうしてそんなことを知っているんだ？

あの人たちは相手が肉食主義か菜食主義かなんてことには頓着しないのよ。ただもう出鱈目に配っているから、わたしも貰っているのよ。でもそれは捨てるから無駄になるんですけどもね。まあ。いい気味だわ。

　わたしはしばらく舌なめずりをして何かいい言い訳はないかと考えたが、結局何も思い浮かばず、観念した。ああ。そうだよ。僕は自分の意志でハンバーガーを買った。それのどこがいけないんだ？　僕には自分の食料を選ぶ権利があるはずだ。

　よくもそんなことが言えたわね！　一生肉は食べないって誓ったくせに!!

あの時はそれが正しいような、そして実行できそうな気がしたんだ。でも、それは間違っていたんだ。一生肉を口にしないことなんて僕にはできっこないよ。

悪魔！　鬼！　屍食鬼（ししょっき）！　野蛮人！　吸血鬼！

何とでも言えばいいさ。人間はみんな屍食鬼なんだ。そうでないふりをしていても屍食鬼であることには変わりはないんだ。

違うわ。少なくともわたしは違うはずだわ。

君だって同じだ。石や霞（かす）みを食べて生きていけるわけじゃなし。君は毎日植物を殺して、その命を食べている。それに、君は肉を食べない代わりに毎日僕の心を殺して食べてきた。

何を言っているのか、わけがわからないわ。あなた野菜の命が尊いとでも言うの？牛を食べる男が大根やキャベツを食べるわたしを非難するわけ？

ああ。きっと、君の言う通り、僕はろくでなしのひとでなしだろう。でも、僕はそれでいいんだ。誰になんと言われようとも、僕は肉を食べることに決めたんだから。

わかったわ！　あなたの本心が。あなたはずっとわたしを騙（だま）してきたのね。わたしを馬鹿にし続けてきたんだわ。

わたしは首を振った。そうではないんだ。僕は本気で君の言う通りにしようと思っていたんだ。でも、どうしても駄目だった。あの時の肉の味が——あのおぞましい肉の味がどうしても忘れられなかった。

何を言っているの？　あの時って、いつよ？

あの日、僕は初めて肉を食べることの意味を知った。あの時まで僕は、生き物を殺すことは残酷だが、その肉を食べることは何でもないことのように思っていた。でも、そんなことは全部思い過ごしだったんだ。生き物を殺すことと食べることは同じだったんだ。

その通りよ。肉を食べることは動物を殺すことと同じなのよ。

この地上に住む生きとし生けるものは互いに食べ、食べられることで結びつき合っている。それが自然の営みだったんだ。人間だけがそれから逃れようなんておこがましいことだったんだ。

いったい何が言いたいの？　人間はけだものではないわ。残酷なことなどしてはいけないのよ。

教えてくれ。いったい何が残酷で何が残酷でないのか？　僕は自分の手で動物を殺すことは残酷で、他人に殺してもらった動物を食べることは残酷ではないと思っていた。食用動物を殺すことは当たり前で、それ以外の動物を食べることは残酷だと思っていた。ちょうど、君が植物を食べることは残酷でないと思っていたように。人から肉食を奪うことが残酷でないと思っていたように。

やっとわかったのね。妻の向こうの闇の中から、易子がゆらりと這い出してきた。

あなたたちは今まで差別してきたのよ。無心に生きる動物を。植物を。そして、人間を。

あなたこの女は誰なの？　まあ。いやらしい。真っ裸じゃないの？

易子はぬめぬめと爬虫類のようにわたしたちに近づいてきた。妻の肩に手をかけ、襟口から汗に塗れた手を突っ込んだ。奥さん、冷たいわ。

どういうことなの？　ねえ、あなた、どうしてこの人は裸なの？　妻は怯えたように言った。

ああ。彼女はいつも裸になるんだ。儀式の時にはね。

こんなことが許されると思っているの？　あなた自分のしたことがわかっているの？

僕は何もしていない。

よくもそんなことが言えたわね。あなたはわざとわたしの足元にあの汚らわしいソース塗れの肉を放り出したのよ!!

わざとじゃない！　わたしは頭を抱え込んだ。頭にべっとりと赤いソースがついていた。こんなことになるとは思わなかったんだ。

わたしは妻の頭に手を添え、床から起こした。床に広がる赤い液体はソースだけではなかった。割れた壺の破片は深々と練子の項に突き刺さっていた。抜けないかと、破片を少し動かした拍子にまたたくさんの血が廊下に流れた。スープを鍋から皿に移す時みたいだなと思った。

あなたのせいじゃないわ。易子が生臭い息を吐いた。奥さんは勝手に転んだのよ。

誰がそんなこと信じるものですか！　練子の目は依然わたしを睨んでいる。わたしが菜食主義者だということはみんなが知っているわ。そして、わたしの体にもあなたの体にもハンバーガーのソースがべっとりとついている。ハンバーガーを買ってきたのを妻に見つかって口論の末、かっとなって突き飛ばした。そう考えるのが自然じゃないこと？

わたしは愕然とした。確かに練子の言うことには一理ある。わたしと練子が肉を食べたの食べないのとしょっちゅうもめていたことは近所の人間はみんな知っている。ここにハンバーガーがあれば、誰でも妻と争いになったと推測するに違いない。

わたしは妻の頭から手を離した。破片は床に叩き付けられ、さらに深く食い込んだ。破片が貫通しかけているのか、心なしか喉が少し膨らんで見える。まるで喉仏みたいだ。

あなたには立派な動機がある。そして、わたしの首に刺さった壺の破片にはあなたの指紋がべったりとついている。金輪際、言い逃れはできないのよ!!

わたしは両手で顔を覆った。そして、その場にへたり込んだ。喉の奥から嗚咽が漏れる。

もうおしまいだ。僕は殺人者として刑に服さなければならない。

易子は声を出して笑った。そんなこと全然心配ないわ。

だけど、きっと誰も僕の言うことなど信じてはくれないだろう。

信じてもらう必要なんかないわ。易子は掌で僕の頭を拭うと長い舌で舐めとった。

だとしたら、助からない。僕は無実の罪を被ってしまう。

何を言ってるの罪があるのはあなたの奥さんの方じゃないの。易子は練子の首筋に唇をつけ、小さな音をたてて啜った。

もう助からない。わたしはその場に突っ伏した。

いいえ。易子はべっとりと濡れた体をわたしに巻きつけ、手に何かを握らせてくれた。それは練子が野菜を切る時に使っていた。包丁だった。易子がぺろりと刃を舐める。

まあ、不味い。この包丁は植物の血しか吸ってないのね。

わたしは意味がわからず、手の中で光る包丁と練子を交互に眺めた。

何をしているの？　早くすませて。

早くって、何を？

「食べれば罪にはならないのよ」易子は微笑んだ。

わたしは無罪になった。

五人目の告白

一人目の告白

化粧品に中絶胎児が入っているって、本当かしら？

わたしはお風呂で化粧を洗い流しながら考えていた。

あれは胎児そのものじゃなくて、胎盤だけだったかしら？　まあ、どっちにしてもあまり変わりはないわね。でも、どうして、そんなもの使うのかしら？　豚とか牛の胎盤じゃ駄目なのかしら？　きっと、人間の化粧品には人間の胎児でなければ合わないんでしょうね。なにか酵素とか、ホルモンとか、いろいろそういうものが違うと駄目なんだわ。

その時、玄関の呼び出しチャイムがなった。

誰かしら、こんな夜遅くに。

わたしは風呂場から飛び出すと脱衣場にあったピンクのバスタオルを体に巻き付け、「はい！　ちょっと、待ってください！」と叫びながら、二階にガウンを取りに駆け上がった。

二階は真っ暗で、蛍光灯の紐をやっと探して、それから、箪笥の中からガウンを引っ張り出した。

やっぱり、ガウンなんかは一階に置いとかないと不便だわ。これからは、脱衣場の戸棚にいれとこ。あれ？　このガウン、男物だわ。

また、チャイムがなった。

しかたがない。このままいくわ。気が付かないかもしれないし、別に気付かれたって、どうってことないわ。

階段を降りながら、ちらりと時計を見ると、もう午前零時を回っていた。

いったい、どんな用件なのかしら？　なにか緊急のことかしら？　もしも、悪いニュースだったら、いやだわ。

「どなたですか？」

「わたし……」

女の人？

かすれたよく聞き取れない声だった。

わたしはどうするか迷ったが、とにかくドアの覗き穴から、顔を見ることにした。

知らない間に外は雨が降っていたようで、その女はずぶ濡れになっていた。ロングヘヤーで鼠色らしき色のコートを着ていたが、それも濡れているので、はっきりしなかった。女は小刻みに震えて、顔には血の気がなく、目はまっすぐにわたしを見つめていた。もちろん、ドアのこちら側のわたしの姿は女に見える訳はなく、実際には覗き穴のところを見ているだけなのだろうが、わたしにはどういう訳か、その女はドアの向こうにわたしがいることを確信して、見つめているとしか思えなかった。

とにかく、男ではなく、女だということで、わたしは少し安心してドアを開けた。

「あの、どなたですか？」

と、わたしが言うと同時に女は凄まじい勢いで玄関に飛び込んできた。そして、わたしを突き飛ばした。わたしはあまりのことにまったく防御の態勢がとれず、尻餅をついて、呆然と女を見つめた。

「何とか言ったらどうなの？」女は口紅が雨で溶けて、顎にまで流れているのを拭おうともせず、家中に響きわたるような大声で言った。「悪いのはあなたなのよ！」

彼女はそのまま廊下に上がってきて、わたしのガウンの胸ぐらを掴んで、訳のわからない叫び声をあげながら、壁に何度もわたしの頭を叩き付けた。叩き付ける度に、女の全身から飛沫が飛び散って、廊下を濡らした。わたしは女の膝を蹴って、なんとか、女の手を振りほどこうとしたが、彼女はわたしの上に倒れてきたため、そのまま二人はもつれあって、廊下から玄関に落ちてしまった。わたしは女より一瞬だけ早く立ち上がって、コートの襟首を掴んで、外に引き摺り出した。そのまま、門を出て、道路まで行こうとしたけれども、女が手足をばたばたして抵抗したので、門までの半分ぐらいの距離までで諦めて、女から手を離し、大急ぎで、玄関に引き返そうとした。女もほとんど同時に起き上がって、取りすがってくる。わたしは女の手をなんとか振りほどいて、ドアを閉めようとした。女はドアの隙間から、腕を突っ込んでなんとかこじあけようとした。わたしは何度も女の腕にドアを勢いよく、叩き付けた。腕を抜こうとして女の力が緩んだ。その一瞬を狙い、すばやく閉めようとした時、また手を入れようとしたので、指先を挟んでしまった。鈍い音がした。女は叫んだ。

「ぎゃあ!!」

再びほんの僅かドアを開けると女はそのまま後ろにひっくり返った。わたしは今度こそドアを閉め、鍵とチェーンをかけた後、覗き穴から、外の様子を見てみた。女は挟んだ左手を右手で庇い、絶叫しながら、転がり回っていた。コートの袖に黒っぽいしみができていたが、血なのか、泥なのかはよくわからなかった。

わたし自身もずぶ濡れでガウンの紐がなくなって、前がはだけていた。玄関や廊下には見当たらないので、きっと、外なのだろうと思った。

まあ紐ぐらいどうってことないわ。でも、あの女、いったい誰なのかしら？　とにかく、警察に連絡しなくちゃ。

電話は不通になっていた。

どうして、こんな時に。それともあの女が電話線に何かしたのかしら？　こうなったら、朝まで待つしかないようだわ。朝になれば、人通りも多くなるから、助けも呼べるはずよ。だいたい、こんなに大騒ぎしているのにどうして誰も出て来ないの？

この家は郊外に建っていたが、野中の一軒家というわけでもなく、回りの家には人々が眠っているはずだった。皆面倒なことに関わり合いになることを避けているのか、単に怯えて出てこないのか？

それとも、さっきの大立回りは当事者が思っているほど大きな音をたてなかったのか、どういう理由かはわからないが、近所がそれほど頼りにならないことは明らかだった。わたしは風呂に入り直す前に家中の戸締まりを確認した。

シャワーを浴びながら、わたしはいつしかまた胎児と化粧品のことを思っていた。

本当は胎児の成分が大事なのじゃなくて、胎児を使うこと自体が大事なのかもしれないわ。胎児――つまり、最も若い人間には最も生命力が満ちている。その生命を人為的に中断することによって、行き場のなくなった生命を化粧品に封じ込めて、女の肌に与えるのかしら？　そして、胎児の生への執着が男達を女の肌に引きつけ、もう一度、生命を作り出す営みへと駆り立てるのかしら？　だとすると、これは一種の呪術だわ。自分達のことを文明の申し子だと思っているけれども、実は毎日胎児を使った性魔術を行っているのだわ。

二階で何か物音がした。わたしは体を拭かずに直接ガウンをはおり、ゆっくりと階段を上がった。二階には二つの部屋があった。一つは寝室に使っている部屋。もう一つは、普段使わずに物置にしている部屋。二つの部屋は階段を登り切った所で入り口が向かい合っていた。まず、わたしはゆっくりと寝室のドアを開けた。ちゃんと雨戸は閉まっている。もう一つの部屋のドアも開ける。明かりをつけると、わたしが一歩足を踏み出す度に埃(ほこり)が舞うのがわかった。この部屋もたまには掃除をしなくちゃと思っていると、また物音がした。この部屋の窓からだった。

「そこにいるのはわかっているのよ」

と、強がりを言ってから、恐る恐る雨戸に近付いて、耳を押し当てて見たが、もう何も聞こえなかった。二、三分そのままの格好をしていたけれども、ついに、我慢できなくなって、少し、雨戸を開けてみた。外はまだ雨が降っていて、さっきの女の姿はどこにもなかった。玄関の方からガラスが割れるような音がした。わたしは慌てて窓を閉めると階下に行くため、部屋を出ようとした。

「ぶごぉー!!」女は絶叫と共に部屋の窓を破って現れた。全身にガラスの破片が刺っているのをものともせず、わたしの背中に体当たりし、泣きながら喚(わめ)きちらした。

「産ませてよ!!」

　わたしはバランスを崩した。女はわたしを摑もうとしたが、その手に残ったのはわたしのガウンだけだった。わたしは背中と頭を交互に何度も打ちながら、階段を踊り場まで落ちた。女も一気に飛び下りて、わたしに組み付いてきた。彼女は家の外側を二階に登るためにかさばるものを全部脱ぎ捨てたのか、下着姿になっていた。わたしはなんとか立ち上がったが、女はわたしの乳首におもいっきり嚙み付いてきたので、痛みとショックで再び態勢を崩し、今度はふたりとも一緒に一階まで転がり落ちてしまった。

目を開けていると何もかもが二重に見えた。胃の中のものをぶちまけた。舌が膨れ上がって口からはみ出して垂れ下がり、口が閉じられない。女はわたしの吐瀉物を頭から被り、歯を見せて笑い、ゆっくりと、わたしの首に手をかけた。

ああ、このひとも胎児の匂いのする……

二人目の告白

わたしはやっと手に入れた第十二話のビデオをもう一度見直してみた。

どうして、この回の再放送ができないんだろう？　二回目でもよくわからないや。どこかに、僕が気付かなかった差別用語でもあるのかな？　でも、そのぐらいのことなら、その部分だけ、音を消すなり、別の言葉に差し替えるなり、すればいいのに。

わたしは裏庭の方をちらりと見た。

ああ、やっぱりある。

庭は三十平方メートル程の広さで、雑草が生えっ放しになっている。隣の家との境界は低い垣根だけで、隣の家族がこの家の庭を見るのは容易だし、その気になれば、道路から覗き込むのも難しくはない。その庭のほぼ真ん中辺りに一辺が二メートルほどの青いビニールシートがおいてある。そして、そのシートの下には死体があるのだ。

モニターの中では非日常的な知的生物が人間を襲い、そして、非日常的なヒーローによって滅ぼされていった。

やっぱり、わからない。僕はもっと凄い内容かと思っていたのに。それとも、どこかに差別を助長するような部分があって、鈍感な僕にわからなかっただけなのかな？　放射能を帯びた怪物というのがいけないんだろうか？　でも、ゴジラもガメラも放射能を浴びることがきっかけで出現したし、その皮膚はケロイドのようにも見える。まあ、どうでもいいか。差別問題の専門家の人が見れば、きっと、違いがわかるんだろう。そんな専門家がいるのかどうか知らないけど。でも、これを放送しないのは何だか逆効果のような気がする。だって、普通に放送すれば、僕みたいな鈍感な人間にはどこが差別なのかわからないのに、欠番なんかにするとかえって興味を持っちゃう。あっ、でも興味を持って見てもどこが差別的かわからないぐらいだから、それでもいいのかな。

視野の隅には常にビニールシートがあったが、わたしは無視し続けた。

あのビニールシートの下には死体があるんだ。それも、女の全裸死体だ。シートをめくって確かめたわけじゃないけど、そんなことぐらい僕みたいな鈍感な奴にもわかるさ。でも、これは秘密にしておかなきゃいけない。僕はきっと疑われてしまう。なぜって、僕は「オタク」だから。でも、本当に「オタク」は犯罪を犯しやすいのかな？　僕が知っている事件の殆どは「オタク」と関係ない。何年か前には一人凄いのがいたけど。きっと「オタク」って、差別用語だ。「オタク」って呼ばれたくないな。うまい言い換えはないかな？　趣味が不自由なひと。それはもっと嫌だな。

僕には前科はないし、子供のころに補導されたこともない。喧嘩もしなかったし、万引きもしなかったんだ。でも、そんなことは全然関係ないんだ。僕は昔のテレビ番組が好きだけれど、スプラッターとかはあまり見ない。でも、そんなことは無視されるんだ。僕は気が小さいから、女の人が側にいるだけでどきどきするから、恋人はいないけれども、ロリコンじゃない。でも、そんなことは誰も気にしないんだ。とにかく、死体のことがばれたら、皆、こう言うだろう。

「そうそう。あいつは『オタク』だったんだ。変態だったんだ。だから、女を殺したんだろう」

僕は変態じゃない。人殺しでもない。でも、そんなこと誰も信じないんだ。庭で音がした。風が吹いて、シートがめくれかかっている。後、十センチもめくれれば、足の先が見えてしまう。死体にシートをかけ直さなくてはいけない。でも、その様子を誰かに見られてしまったら？　そんなところを見られてしまったら、言い逃れなんかできない。

いえいえ、違うんです。僕がやったのではないんです。知らない間に誰かが置いていったんです。

ビニールシートが置いてあったのはいつからだね？

よく覚えていません。何日も前からです。

君は自分のうちの庭に変なものがあっても気にならないのかね？

そりゃあ、気になります。

じゃあ、どうしてほっておいたんだね？

怖かったからです。自分が犯人にされるんじゃないかと。

じゃあ、君はビニールシートの下を覗いて見ていたわけだ。

いいえ、そんなことはしていません。シートに触ったのは今日が初めてです。

そんな言い逃れが通じるとでも思っているのかね？　だいたい、君は近所の人の話によると、「オタク」だそうだね。

なぜ、そんなことを持ち出すんですか？　全然関係ないじゃないですか？

恋人もいないんだろ、いい年をして。

そんなこと。ほっといてください。恋人なんかほしくないんです。女のひとは怖いんです。

じゃあ、女の子が好きなんだね。小学生とか。

僕はロリコンじゃありません。

最近の小学生は発育がいいよ。ほとんど大人みたいな体つきの子もいる。そんな子を見ても何も感じないのかい？

馬鹿なことは言わないでください。小学生なんかに興味はありません。

本当に？じゃあ、本当は小学生なのに体つきに騙されて、気が付かなかったとしたら、どうかね？

誘導尋問のつもりですか？　見掛けが大人なら、なおさら、近付きませんよ。

なるほど。生きている女は怖いわけだ。

どうして、そんな言い方をするんですか？　生きてるとか、死んでるとかなんて。

おや？　今、「死んでいる」って言ったね。死んでいる女は好きかね？

…………。

じゃあ、質問を変えよう。君はさっきシートの下は見ていないと言った。でも、犯人にされるのが怖いとも言った。おかしいじゃないか。見てもいないのに、なぜ死体だとわかったんだね。

そのぐらいのことは見なくてもわかるんです。女性の全裸死体です。

やっと、白状したか。よし、緊急逮捕だ！

駄目だ。駄目だ。絶対に見つかってはいけない。でも、どうすりゃいいんだろう？いつか強い風が吹くかもしれない。近所のおばさんに、あのシートは何ですか、と訊かれるかもしれない。そのうち腐ってきて、臭いでばれるかもしれない。

また、風が吹いた。ビニールシートは限界まで、めくれている。ぐずぐずしている暇はない。すぐにでもシートを直さなければ、いずれにせよ犯人にされてしまう。わたしは、ガラス戸を静かに開け、そっと、庭におり、サンダルを履いた。足音をたてないように気を付け、近所の様子を探るのにも怠りはなかった。

いったい、どうすればいいんだろう？　死体が見つかったら、間違いなく僕は犯人になってしまう。なんとかして、死体を見つからないようにしなくちゃ。どこかに運び出そうか？　でも、どこに？　どうやって？　僕には免許がない。他人に頼むわけにもいかない。車を使うのは無理だ。かと言って、担いで運ぶこともできない。じゃあ、埋めてしまおうか？　どのくらいの穴を掘ればいいんだろう？　長さ二メートル、幅五十センチ、深さ三十センチぐらいというとこかな？　それとも、浅すぎるかな？

警察犬は土の中の臭いもわかるのかな？　もっと、深くしなくちゃ駄目だろうな。でも、そんな穴を掘っているのを見られただけでも怪しまれてしまう。真夜中にこっそりと、掘ろう。いやいや、余計に怪しいぞ。いっそのこと、燃やしてしまおうか？　人間は簡単に燃えるのかな？　死ねば皆火葬にするぐらいだから、燃えるはずだ。灯油をかけようか？　この庭ではまずい。細切れにして、少しずつ、トイレに流そうか？　風呂場に運び込んで、解体するんだ。ああ、なんてことだろう。うちには包丁がない。買いに行かなくちゃ。台所に包丁だけじゃ不自然だ。まな板と、調味料と、鍋と、フライパンと、食器洗い機と、食器乾燥機と、電子レンジと、炊飯器と、後、何がいるだろう？　コーヒーメーカーとか、ジューサーミキサーとか、生ごみ処理機はなくても不自然じゃないと思うけど。

ビニールシートに手をかけた時、背中に視線を感じた。

さんにんめのこくはく

わたしは　犯にんを　しっています。

それは　なんの　犯にんかと　いうと　殺じんの犯にんです。

犯にんの　やつは　びにーるしーとの　したに　死たいを　かくしていました。
わたしの　おうちの　にわの　びにーるしーとです。
わるい　犯にんが　ときどき　死たいを　かくにんしに　きました。
わたしは　死んだ　おんなの　ひとが　はだかで　びにーるしーとの　したに　いるのに　きがつきました。
おちちの　ところとかに　血がついて　いました。
それから　めは　つぶって　いませんでした。
かみの　けは　ぱーまねんとに　していました。
わたしも　おおきくなったら　ぱーまねんとに　したいです。
でも　こうこうせいとか　ちゅうがくせい　ぐらいでは　ぱーまねんとに　しません。
なぜかと　いうと　ふりょうだと　おもわれたら　いやだからです。
それから　ありが　いっぱい　きて　死んだ　おんなの　ひとの　血の　でた　ところとかに　はいって　いってました。
はえは　あんまり　きていませんでした。
びにーるしーとが　かぶせて　あるからかなと　おもいました。
殺じん犯にんは　わたしの　うちの　にわに　くる　ときは　こっそり　きます。

ぬきあしさしあしで　きます。
おとなの　おとこの　ひとです。
としは　おっちゃんぐらいです。
でも　おにいちゃんぐらいかも　しれません。
でも　おじいさんぐらいとは　ちがいます。
なぜかと　いうと　かみの　けが　くろいからです。
おじいさんとか　おばあさんとかは　しろいです。
でも　そめたら　くろく　なります。
だから　殺じん犯にんも　そめていたと　いうでしょう。
でも　わたしは　ちがうことを　しっています。
ちがうと　いうのは　かみの　けを　そめていたのと　ちがうと　いうことです。
なぜかと　いうと　かおが　おじいさんとかとは　ちがう　かんじでした。
死んだ　おんなの　ひとは　おばあさん　とかとは　ちがうと　おもいます。
でも　死んでいたので　あまり　としは　わかりませんが　おねえちゃんぐらいか
は　わかりません。
さんかいめか　よんかいめか　ななかいめぐらいに　みているのが　わかりました。
これは　殺じん犯にんが　死たいを　みているのを　わたしが　みているときに

殺じん犯にんが　わたしが　みているのを　みたと　いうことです。
なぜかと　いうと　きゅうに　ふりむいたからです。
わたしは　こわかったので　にげました。
殺じん犯にんに　つかまったら　死んでしまうと　おもいました。
なぜかと　いうと　殺じん犯にんは　もう　ひとを　殺しているからです。
わたしは　ひっ死で　にげました。
めちゃくちゃ　はしりました。
ごじゅうめーとるそうの　ときぐらい　ひっ死で　はしりました。
でも　ひゃくめーとるりれーの　ときは　それほど　ひっ死で　はしりません。
なぜかと　いうと　とちゅうで　しんどく　なるからです。
でも　ごじゅうめーとるそうの　ときは　しんどくなるとか　かんがえて　いられないので　ひっ死で　はしります。
でも　とちゅうから　ひっ死に　なります。
だいたい　あと　にじゅうめーとるの　ところです。
でも　ともだちは　さんじゅうめーとるの　ところから　ひっ死で　はしると　いいます。
わたしは　にじゅうめーとるの　ところから　ひっ死に　なれば　いいのにと　お

もいますが　けんかに　なったらいやなので　ほって　おきます。

なぜ　けんかが　いやかと　いうと　けんかりょうせいばいだからです。

犯にんから　にげる　ときは　さいしょから　ひっ死　でしたが　とちゅうで　ひっ死と　ちがう　ほうが　いいかなと　おもいました。

なぜかと　いうと　ひっ死だと　すぐに　つかれて　はしれなく　なるからです。

でも　ひっ死と　ちがったら　すぐに　おいつかれると　おもって　やっぱり　ひっ死で　はしることに　しました。

まがりかどの　ところまで　ひっ死で　きたときに　ちょっと　ふりむいて　犯にんのかおを　みようと　けっしんしました。

でも　ちょうどの　ときに　やっぱり　こわかったので　ふりむきませんでした。

なぜかと　いうと　犯にんが　すぐ　うしろに　いたら　こわいと　おもったからです。でも　せきが　こんこん　でてきました。

もう　これいじょう　ひっ死で　はしれないと　おもいました。

そこで　わたしは　ひとつ　ゆうきをだして　いちか　ばちか　さっきの　まがりかどの　つぎの　まがりかどで　うしろを　みてやろうと　おもいました。

あと　ごびょうぐらいと　おもったとき　あしが　がくっとなりました。

でも　ここで　とまったら　死んでしまうと　おもったら　なんだか　ちからが

すこしだけ　でてきました。
でも　げんきいっぱいの　かんじとは　ちがいました。
でも　もう　がくっと　ならない　ぐらい　げんきが　きました。
ちょうど　つぎの　まがりかどの　ところで　「この　まがりかどで　ふりむいて　うしろの　犯にんを　みたら　もう　えきの　すーぱーの　となりの　ところの　しんごうの　まがりかどから　みっつめの　まがりかど　までは　ふりむいて　うしろを　みない」と　けっしんして　ゆうきを　だして　うしろを　みました。
犯にんは　ずっと　うしろの　ほうの　よんじゅうめーとるぐらいの　ところをはしって　いました。
でも　犯にんが　ひっ死だったかは　よく　わかりませんでした。
わたしは「ゆうきを　だして　まがりかどの　ところで　うしろを　ふりむいてよかったなあ」と　おもいました。
でも　そのまま　ひっ死の　ままで　はしりました。
なぜかと　いうと　もし　犯にんが　ひっ死と　ちがったら　わたしが　ひっ死をやめたら　そのことに　きがついて　犯にんは　ひっ死に　なるかも　しれないからです。
そしたら　すぐに　おいつかれて　しまいます。

わたしは　はしりながら　しょうてんがいの　ほうに　いったら　うまく　いくかもしれないと　おもいました。
そこで　けいりゃくを　たてる　ことに　しました。
このまま　はしって　いくと　だいたい　さんぷんはんか　ごふんじゅうびょうぐらいでろくさろに　でます。
ろくさろと　いうのは　どんな　ところかと　いいますと　むっつの　みちが　きている　こうさてんの　いっしゅです。
そのうち　いつつは　しゃどうで　のこりの　ひとつが　あるく　みちで　すこしだけくるまも　きます。
その　ろくさろに　つながっている　あるく　みちが　わたしが　犯にんから　にげていた　みちです。
そこで　わたしは　かんがえました。
「ろくさろの　ところに　きている　しゃどうの　はしには　ぜんぶ　ほどうが　ついている。
そして　ちょうど　えきにいく　みちには　おうだんほどうを　わたらなくてもいける。
その　みちの　とちゅうから　べつの　みちが　あって　そこから　しょうてんが

いに　いける」
　そこで　さくせんは「えきに　いく　とちゅうで　きゅうに　しょうてんがいのほうに　いく」に　しました。
　はしりながら　死んだら　どうしようと　おもいました。
　死んだら　こっくりさんに　なって　犯にんの　ことを　みんなに　おしえようとおもいました。
　なぜかと　いうと　わたしは　こっくりさんのことを　しんじているので　ほかにも　しんじている　ひとが　いても　おかしくないと　おもったからです。
　でも　しんじてない　ひとも　います。
　がっこうの　ともだちでは　はんはんぐらいです。
　だんしは　みんな　しんじてないと　いいます。
　でも　ひとりだけ　霊は　あるとも　ないとも　いえないと　いう　だんしも　います。
　がっこうでは　こっくりさんは　きんしです。
　せんせいは　いえでも　しては　だめですと　いいます。
　なぜかと　いうと　霊に　のりうつられたと　おもって　へんな　ことを　したりするからです。

わたしは　きを　つけたら　だいじょうぶなのにと　おもいます。

まえに　ともだちと　うちで　こっくりさんを　したとき　ばんの　ろくじぐらいに　なったので　じゅうえんを　つかいに　いく　みせが　しまると　おもって　あわてて　かいに　いきましたが　もう　しまってましたが　わたしは　かみさまに　おいのり　したので　だいじょうぶでした。

でも　せんせいに　「したら　だめです」と　いわれて　いるので　いわれてからは　こっくりさんは　していません。

しょうてんがいの　ひとに　おおきな　こえで　犯にんが　いてると　いおうとしましたが　こえが　でませんでした。

かいものを　している　おばさんに　いおうと　したとき　また　あしが　がくっと　なりました。

だから　そのまま　もたれかかったら　「きゃあ」と　いいました。

わたしは　犯にんがいてると　いいましたが　せきが　でるので　うまく　いきませんでした。

わたしの　まわりには　いっぱい　ひとが　きました。

しばらく　したら　おまわりさんが　きました。

ちかくの　ほんやさんの　ひとが　つれてきました。

そして　おまわりさんは「ちょっと　まってて　ください」と　いいました。
しばらく　すると　きゅうきゅうしゃが　きました。
きゅうきゅうしゃは　わたしの　まえの　ほうに　とまりました。
きゅうきゅうしゃの　なかから　おいしゃさんみたいな　かっこうの　おとこのひとが　でてきて　わたしを　きゅうきゅうしゃの　なかに　たんかで　はこびました。
ちょっと　はしったら　びょういんに　つきました。
びょういんに　はいると　いろんな　せんせいが　わたしの　はなしを　ききにきました。
でも　さいごは　おんなの　せんせいが　わたしの　たんとうに　なりました。
おんなの　せんせいは　わたしと　こっくりさんを　します。
それから　いつも　しろい　ふくを　きています。
かおも　しろい　です。
せんせいは　おばちゃんか　おねえちゃんぐらいです。

四人目の告白

家美はわたしの首に手をかけていた。

「何をする！」わたしは家美を投げ飛ばして、叫んだ。「俺を殺す気か？」

「産ませてよ！」彼女は泣きながら言った。「あなたの子よ」

「何のことだ？　いったい、どうしたんだ？」

吐き気がする。いや、すでに吐いてたようだ。家美は下着姿で泣き、震えている。わたしは素っ裸で、乳首から血を流していた。それ以外にも全身あちらこちら怪我をしているようだ。頭をさわると、手にべっとりと血がついた。ちょうど、尻餅をついた格好になっていて、立ち上がろうとすると、家中がぐるぐる回った。そういえば、さっきから、全部のものが二重に見える。目をどうかしたのか？　わたしは立ち上がることができず、また尻餅をついた。物が二重に見えるのは左右の目が別々の方向を向いているためと気が付いて、片目をつぶるとなんとか立ち上がることができた。二人は廊下の端、階段の近くにいた。踊り場の方を見ると、わたしのガウンが落ちていた。振り返って、家美を見ると、全身にガラスの破片が刺さったまま、泣きじゃくっていた。

ガラスの破片は下手に抜くと、血が噴き出しそうだな。どうしよう？　面倒なことになった。救急車を呼ぶか？　いや、それはまずい。こんな夜中に全身にガラスが突き刺さった女を病院まで運んだりしたら、ほぼ間違いなく警察がくる。警察は家美と俺の関係をしつこく訊くだろう。もちろん、警察はプライベートなことを漏らしたりはしないだろう。しかし……

「お前とはもう別れたはずだ」わたしは家美を睨みつけながら言った。「さっさと帰ってくれ」

「いやよ！」家美は叫ぶように言った。「わたしは認めないわ！　別れたなんて嘘よ！」

「嘘じゃない。何度も説明したはずだ。お前とはもうやっていけない。もう、終わりだ」

「どうして、勝手に決めるの？　わたしの意見はどうなるの？」

「お前の意見などどうでもいい。大事なのはお前の存在が俺にとって、役に立つかどうかだ」

「ひとでなし！」家美はわたしに飛び掛かってきた。「一緒に死んでやる！」

わたしは家美の脇腹に刺さっていた一番大きな破片を摑んで、腹の中に押し込んだ。

家美は野獣のような声をあげて、仰向けに倒れた。

「なぜ、俺がお前と死ななければならないんだ？」

「二人は一心同体だからよ！」家美は口から泡を噴きながら言った。「それにわたしの中にはあなたの子が……」

「馬鹿な。そんなはずはない！」

「本当よ！」

「なぜそんな見え透いたことを言う？」わたしは混乱した。「お前だって、わかっているはずだ」

家美は脇腹のガラスを引き抜いた。血が噴き出し、廊下は血の海になった。

ああ、なんてことだ。絨毯は拭くだけで大丈夫だろうか？　それとも、はりかえなけりゃならんのか？

「落ち着くんだ。その出血では死ぬぞ。救急車を呼んでくる」

わたしは電話をかけにいった。

背に腹は代えられない。家美にここで死なれては迷惑だ。

受話器をとりあげると、発信音がしなかった。家美が電話線に何かしたようだ。振り向くと、家美は姿を消していた。

あれだけの傷でどこにいったんだ？

わたしはすぐ玄関に走った。血の跡がドアのところにまで続いていて、ノブにも血がついていた。どうやら、外に出ていったようだ。その時、家中の明かりが消えた。

あの女はいったい俺に何を求めてるんだ？　俺を自分のものにしたいのか？　愛してると言葉に出して言ったからか？　それとも、指輪を渡したから？　そんな言葉や物に呪縛力があると信じているのか？　いや、あいつは自分自身のことを魔女だと信じているんだ。

わたしは手探りでドアに鍵をかけた。とにかく、これであいつは家に入ってこられないと思った時、二階で物音がした。

しまった！　二階が開いていた！

慌てて、二階に駆け上がったが、わたしははたと困ってしまった。

どっちの部屋だ？　寝室か、物置部屋か。

わたしは思い切って、寝室のドアを開けた。もぬけのからだった。その時、物置部屋から、家美が飛び出してきた。真っ暗でよく見えなかったが、わたしに抱きついたとたん、左の二の腕が、炎のように熱くなった。家美はすぐにわたしから離れ階下に降りていった。ガラスの破片を突き刺したらしい。どのくらい出血しているかはわからないが、今、破片を抜くのはまずいと思って、そのまま、物置部屋に入った。雨が部屋の窓ガラスは破れていて、雨がふきこんでいた。

最初にここから入ってきたのか。全身にガラスが刺さっていた理由もわかる。さて、どうしよう？　降りるべきか？　それとも、ここで家美の出方を見るか？　ここにいても事態は好転しないだろう。また、家美が襲ってくるかもしれない。朝までに出血多量で死ぬかもしれない。ただ、出血多量で死ぬのは家美の方が先だろうが。

わたしは窓を調べてみた。街灯のおかげで家の中よりも外の方が明るかった。

あれだけの深手でよくここまで上がってこられたもんだ。俺もここから降りられないことはないが、もし、降りている途中で攻撃されたら、防ぎようがない。やっぱり、玄関から出るしかないだろう。なんとか、玄関から飛び出して、隣の家に助けをもとめるなり、警察まで走っていくなりすればいい。

わたしはそろそろと階段を降り出した。階下に家美の気配はまったくない。階段は血でぬるぬるしているので、滑らないように気を付けなければならなかった。階段を一段降りる度に軋む音がした。

この階段はこんなにいつも軋んでいただろうか？　こんなに軋んでいては家美に感づかれてしまう。

踊り場に何かの影が見えた。

家美か？

わたしは息を止めてさらにゆっくりと、影に近付いた。片目で見ているため、遠近感がよくわからない。

よく確かめないと、俺の方が先にやられてしまう。家美には俺が見えているのか？　それとも、見えないのか？

わたしは影に飛び掛かった。しかし、その影は家美ではなく、ただの血溜まりだった。「ぶごぉー！」なんと、廊下の天井に張り付いていた家美は飛び下りざま、わたしの背中に飛び掛かって叫んだ。「産ませてよ！」

わたしは血溜まりの中でもがいた。家美が天井にいたから、ここに血溜まりができたのだ。

「いい加減なことを言うな！　俺たちに子供ができるはずはないだろう！」

「どうしてよ！」

「どうしてって……」

「訳を言ってよ！」

「だって、俺は……」

そう、絶対、そんなはずはない。

わたしは家美の腹を思い切り蹴った。家美は階下まで吹き飛んだ。一瞬、家美の動きが止まり、次の瞬間、凄まじい速さで手足をめちゃくちゃに動かし始めた。その動きは人間というよりもなにか昆虫の断末魔を連想させた。家美の声は生物の発する音ではなく、どちらかと言えば、モーターかサイレンの音に近かった。あまりに激しく手足を床に叩き付けるので、敷きこんである絨毯は剝がれ、その下の板も割れてしまった。わたしはどうして、家美は子供のことを言ったのだろうかと、考えながら、彼女が絶命するのを待った。

あいつは子供ができたと口にすることによって、それを実現しようとしたのかもしれない。ああ、あいつは動かなくなった。さあ、あいつの目の奥を覗きにいこう。

わたしは家美の目を覗き込んだ。

死んだ女はけたたましく笑い始めた。

五人目の告白

というところまでで、ノートに書かれた文章は終わっていた。「一人目の告白」から、「四人目の告白」まで、数十ページにわたって書かれた後、一番最後の部分にただ一行「五人目の告白」と書いてある。「告白」はすべて鉛筆書きで、筆跡もそれぞれ違う。

「全部、読み終わった？」小さな白いテーブルを挟んでわたしと向かい合って座っているショートヘヤーの女が言った。「読み終わったのなら、あなたがその続きを書いてね」

　女は白衣を着ていた。年齢はよくわからないが、おそらく、二十代か三十代だろう。肌の色は真っ白で、どこまでが白衣でどこからが肌なのかよくわからないぐらいだ。靴も靴下も身に着けているものはすべて白で統一している。

「続きって、つまり」わたしは女の顔を見つめて言った。「僕に『五人目の告白』を書けってことかい?」

「そうよ。題名はわたしが先に書いちゃったけど、その題名でいいでしょ」

「いいも、何も、意味がわからない。いったい、何を書けばいいのか?」

　わたしも白い服を着ていた。それどころか、天井も白、床も白、壁も白、テーブルも、椅子も白、つまり、この部屋の中のありとあらゆるものはすべて白だった。

「あら、そうなの?」部屋の中で唯一赤い女の唇からため息が漏れた。「本当に何を書いていいのかわからないの?　じゃあ、最初のケースだわ。……んーと、強制しないから自由に書いてくれる?　詩でも作文でも何でもいいから」

「何でもいいと言われても困るなあ。何かテーマを出してくれよ。こういうのは苦手なんだ」

「じゃあ、推理して」

「推理？」

「そう、推理」

「何を推理しろっていうのかな？」

「今、ノートを読んだでしょ。それを推理してよ」

「これの何を推理すればいいんだよ？　だいたい、何だよ、告白とかいうのは？」

「だから、それから推理して。いったい、このノートは何なのか？」

わたしは女の顔を見て、考え込んでしまった。

この女は俺にどうしろというんだろ？　どうやら、五人目の告白を俺に書かせたいらしいが。

女の顔をじっと見ていると、だんだん、目が疲れて、痛くなってきた。周囲の白と女の顔の白の区別がなくなって、白い空間に女の目と髪と唇だけが浮かび上がっているような錯覚を覚えた。

なるほど。この女の考えがわかったぞ。

「じゃあ、こうしよう。推理はする。ただし、直接、推理するのではなく、君が僕に推理して欲しいと期待する内容を推理しよう」

「えっ？　何を言ってるの？」

「だから、君は僕にさっき推理しろって言ったね」

「ええ」

「つまり、君は僕に何かを推理して欲しいと思っているわけだ」

「まあ、そういうことね」

「それで、君の目的は何かというと、本当にこのノートの正体がわからないので、僕に推理して欲しい、ということじゃなさそうだ。もし、そうなら、自分で『五人目の告白』なんて題名を書き込んだりするのは不自然だし、僕に続きを書けなんて言えるはずはない。どうかな、今までのところは？」

「なかなか、興味深いわ」白女は無表情に言った。「続けて」

「ということは、君の目的は僕に推理させることそれ自体だということになる。そこで問題になるのは君はどのような結論に僕が達すれば、満足なのかということだ」

「それを推理しようというの？」

「そう。直接、僕の推理を述べるのではなく、君が僕に望んでいる推理を間接的に推理するんだ」

「なかなか、面白そうなゲームね」白女はつまらなそうに言った。

「今の言葉で同意を得られたものと判断するよ。さて、このノートの内容だが、こうなっている」

わたしはノートの一番後ろのページを引き裂き、それに次のように書き出した。

①一人目の告白
主人公……女性（おそらく成人）
内　容……深夜に謎の女性が自宅に不法侵入し、襲ってくる。

②二人目の告白
主人公……男性（学生か成人）
内　容……自宅の庭に死体がある、もしくは、あると思っている。

③三人目の告白（さんにんめのこくはく）
主人公……女性（小学生の低学年）
内　容……不審な男性に自宅の庭から追いかけられる。

④四人目の告白
主人公……男性（成人）
内　容……深夜、自宅で女性を殺害。

⑤五人目の告白

題名のみ。


「推理の材料はこれだけに限定されるのかな？」

「どういうこと？」

「つまり、君からの協力は期待できるの？　別の証拠とか、証言は？」

白女は無言で首を横に振った。

「ということは、推理の根拠になるのはこのノートだけということになる。となると、最初の問題はこのノートの内容が本当の告白か単なる創作かということだ。僕は本物の告白と仮定したい。なぜなら、他に拠り所となる資料がないのだから、このノートが本物の告白か単なる創作かは勝手に仮定するしかないわけだし、もし、創作だと仮定すると、それで推理は終わってしまう。フィクションを基に推理するのはナンセンスだ。だから、この告白が創作であるという可能性は否定しないが、ひとまず、本当の告白だと仮定して、推理を続けるよ」

白女は今度は首を縦に振った。

「さて、『五人目の告白』を除いた四つの話にはそれぞれ別々の主人公がいて、どうやら、君は僕に五人目の主人公になって欲しいらしい。まあ、そのことは置いておくとして、四つの話にはそれぞれ関連があるように思える。つまり、女性の殺害だ。しかし、また、それぞれの話を読み比べると相互に矛盾していて、なかなか一つにまとまらない。これをどう捕らえるか？　四つの別々の事件の記録の寄せ集めとみるか、それとも、一つの特異な事件の四種類の記録とみるか。これも仮定するしかないが、四つの別々の事件の寄せ集めだとしたら、やはり、そこで推理は終わってしまう。なぜなら、別々の事件の記録なら相互に矛盾していて当然だし、そこにさらに推理すべき余地はなくなってしまう。つまり、ここでは、事件は一度しかなかったと仮定せざるをえない」ここで、わたしは少し言葉を切った。「さて、ここから、推理を進めるにあたって一つルールを提案したいんだが、いいかな？」

「ルールの内容によるわね」

「ルールの内容はこうだ。このノートの内容を説明できる推理が二つ以上成立するときは最も蓋然性（がいぜんせい）の高いものもしくは最も単純なものを選ぶ」

「どういうこと？」

「普通の推理では、いくつかの証拠から仮説をいくつかたて、それぞれの仮説を検証する。つまり、新しく、証拠を探したり、目撃者の証言を求めたり、時には、実験したりする。しかし、今回の推理では君に情報を限定されてしまっているので、検証のしようがないんだ。だから、さっきのルールを認めて欲しい」

「わかったわ」

「ありがとう。さて、推理に入ろう。

問題になるのはそれぞれの告白にある矛盾点だ。『一人目の告白』では主人公が殺されたような結末になっているが、それはありえない。現に告白を書いているからには死んでいないと推定される。いや、これは矛盾というほどのことじゃあない。次に『二人目の告白』ではある男の家に女性の全裸死体が捨ててある。『一人目の告白』で、登場したどちらの女性の死体かははっきりしない。『さんにんめのこくはく』は『二人目の告白』から直接繋がるように見えるが、そうじゃない。つまり、『二人目の告白』では死体は男の家にあったのに、『さんにんめのこくはく』では少女の家にあったことになっている。つまり、この二つの話は直接に繋がってはいない。だれかが死体を運んだことになる。男の家から少女の家にか、あるいは、その逆か。しかし、『さんにんめのこくはく』を読む限り、事件はすでに警察に発覚しているので、男の家から、少女の家へ、というのが順当だろう。ところで、『さんにんめのこくはく』の最後の部分に不思議な女医が出てくる。この女医はなぜ、少女と心霊遊びをするのか？」

わたしは白女を見た。気のせいか少し微笑んだような気がした。

「次に『四人目の告白』だ。ここでは、殺人が行われている。正当防衛の可能性もあるが。しかも、興味深いことに『四人目の告白』の内容は『一人目の告白』の内容に直接繫がっている。ただし、主人公が突然、女から男に変わっていて、侵入してきた女の正体も、いきなり明らかになっている。この家美という女のことは『一人目の告白』の主人公はまったく知らなかったようだ。さて、これはどういうことか？　一軒の家に男女が住んでいたのか？　いや、その可能性はない。『一人目の告白』でも、『四人目の告白』でも、主人公と家美以外の人物が家にいるとは一度も言及されていない。このような状況で家族もしくは同居人に言及しないのは異常なことだ。最初に決めたルールにしたがって、この可能性は棄却する。となると、残る可能性は『一人目の告白』と『四人目の告白』の主人公は同一人物だということだ」

白女は目を見開いた。

「この場合、二つの可能性が考えられる。一つは単に一人の人物が男女二人の人格を演じていたということ。しかし、家美に対し、主人公が女を演じることの理由がない。したがって、この可能性もルールにのっとって棄却する。もう一つの可能性は多重人格だ」

白女は大きく頷いた。

「さらにこの仮説を『二人目の告白』と『さんにんめのこくはく』の主人公にまで広げると、よりすっきりした形になる。全員、家で殺人があった、もしくは、庭に死体がある。全員、家族に対する言及がまったくない。これらのことを説明するには死体の二度以上の移動など複雑な仮説をたてるか、全員が同一人物の別々の人格であるという奇妙だが、単純で魅力的な仮説をとるかだ。そして、多重人格仮説をとれば、どうして、この四人の告白がひとまとめになっているかの説明も容易にできる。付け加えるなら、『さんにんめのこくはく』の女医は精神科医と考えれば、患者と心霊遊びをするということも不思議でなくなる」

「結論は?!」白女の目と口は白い空間に浮かび、その大きさも距離も刻々と変化した。視野いっぱいに広がったと思えば次の瞬間には何キロも彼方に遠のき、そして、また次の瞬間には黒い瞳に吸い込まれそうになった。「推理の結論は?!」

「結論はでない」やっとのことでわたしは答えた。「この告白を書いた人物が多重人格者だとすると、正常な精神状態の下での記述だとは考えられない。つまり、もうこれ以上の事実は引き出せない。本当に殺人があったのかどうかも定かではないと思う。ただし……」

「ただし?」

「このノート以外にも情報がある。そう、君は『五人目の告白』を僕に書くように、と言った。これは『さんにんめのこくはく』の女医の姿が君を思い出させることにも符合する。つまり、君は僕にこう推理させたかったんだ。『僕は五人目だ!』と」

白女のマニキュアを塗った爪が空を飛び拍手を始めた。

「ついにやったわね。あなたは回復しつつあるのよ!!」

「残念ながらそうじゃない」わたしは無理に白女の目から視線を引きはがし言った。

「僕はあくまで君の代弁をしただけだ。最初に言った通りこれは僕自身の推理ではない。僕は五人目ではない」

「何ですって?! あなたは正しく推理したはずだわ。どうして、自分が五人目でないと断言できるの? 根拠は何?」

「探偵が犯人なのはルール違反だからさ」わたしは微笑むことができた。「いや、今のは冗談だよ。僕は実はもう一つ情報源を持っている。つまり、僕自身の知識だ。ここに一つの知識がある。この知識によって今までの推理はすべて覆る」

「どんな知識を持っているというの? あなた、さっき言ったじゃない。正常な精神状態の下での記述でなければ、信じられないと。あなたは、多重人格障害だから、自分自身の知識も信じられないはずよ」

「確かに一理ある。ただ、本当に信じられないとすると、今までの推理全体が無意味になって振り出しに戻ってしまう。それでもいいのかい?」

白女の目は空中からわたしを睨(にら)みつけた。

「いいわ。言ってごらんなさいよ、その知識を」

「そう、僕は知っている。あのノートは君が書いたんだ」

一瞬、白女の姿が人間のそれに戻った。

「わかったわ」再び、彼女は白い空間に溶け出した。「じゃあ、今度はわたしが推理するわ、あなたの考えを。いいわね」

「ああ、これであいこだ」

「あなたは、あのノートをわたしが書いたと思っている。でも、何のためにわたしはそんなことをしたのかしら？　もちろん、あなたに読ませるためということになるわ。そして、芝居をする。自分が書いた四人分の告白をあなたに見せ、続きを書けと言う。つまり、あなたはこう言いたいのね。『わたしはあなたを精神科医の立場を利用して多重人格者に仕立てあげて、殺人の濡衣（ぬれぎぬ）をきせようとしている』と」

「いや、違うんだ。君はまったく勘違いしている。そうじゃないんだ。君は何にも知らなかったんだ。実を言えば……そうじゃないが、君は女医ですらない。君は……その……君こそが五人目なんだ!!」

「馬鹿な！　だって、おかしいわ！　もし、そうだとして、なぜそのことをあなたが知っているの？」

「ああ、やっぱり、ルール違反かもしれない。僕は六人目なんだよ」

白女はけたたましく笑い始めた。

肉

「郁美、あんた、研究室の助手になってんて。今、どんなことしてるん?」蟻塚星絵はファミリーレストランの席に座ると、開口一番訊いてきた。

「あんな、星絵、遺伝子工学とか知ってる?」白井郁美は探るように言った。

「よう知らん。何か難しいやつ違うん?」

「まあ、そんな難しいことないけど」

高校の同級生だった二人はほぼ十年来の付き合いだった。

白井郁美は高校卒業後、四年制大学の理系に進学し、卒業後は大学院に入ったのだが、博士課程の二年目で、助手になることを担当教官に勧められ、そのまま、大学院を中退し、同じ研究室の助手になっていた。

蟻塚星絵は短大を卒業したあと、父親の勧める会社に就職し、簡単な事務仕事をしている。結婚までの腰掛けのつもりだった。

郁美の選択は星絵にとって、まったく理解しかねることだった。四年制の大学にいくだけならまだしも、大学院にいったり、研究室の助手になったりしては、男たちが手を出すのに躊躇するのは当然のことだろう。

男というものは、一部の例外を除いて、自分よりも明らかに優れた知性を持つ女には恋愛感情を持たないものだと、星絵は信じていた。もちろん、現実には世の中のカップルの半分、ひょっとすると半分以上で、女性の方が男性よりも知性的であるのは容易に推定できる。しかし、明確な証拠がない限り、そのような可能性は無視できてしまうのが、男の特徴であり、また、そうでなければ、多数の男にとって、恋愛の相手を見つけることは大変困難になってしまう。

しかし、郁美のように自らの知性をはっきりと証拠だててしまっては、男には自分を騙す機会すら与えられないことになる。彼女に残された選択肢は三つだ。自分以上の高学歴男を探すか、恋人もしくは妻に対して優越感を持たなくても我慢できる男を探すか、恋愛を諦めるかだ。三つ目は論外だし、それでなくても自分から恋愛の対象を絞るなんて理解できない。星絵はそう決め付けていた。

「今日は偶然やったなぁ」星絵はテーブルの上の水を一口飲んだ後、髪をかき上げながら、言った。「ようあの本屋に行くん？」

「うん。あの本屋にはたくさん専門書、置いたあるからな」

「専門書？　何それ？」

「専門書言うたら、専門の本やん。わたしらやったら、分子生物学の本とか、生化学の本とかや」郁美は邪魔臭そうに答えて、ちらりと、厨房の方を見た。「ここのファミレス、なかなか注文とりに来ぃひんなあ。どういうことや！」

「郁美、最近、ここにあんまり来てへんの違うん？　ここは呼ばな来ぃひんようになってんで」

「ふうん。そうなんか」郁美は確かにここ何年も食事は学食とコンビニで済ませていたため、ファミリーレストランには来ていなかったことに気付いた。「星絵、何注文する？」

「わたし、この『ぶったまげチキンカツレツ』ちゅうの食べてみるわ」

「ほんなら、わたし、『悶絶（もんぜつ）、サーモンステーキ』にするわ」郁美は、ネーミングセンスからして関西ローカルのチェーン店なんやろか、と思いながら料理を選んだ。

郁美たちが注文を済ませた後、料理が運ばれるまで旧友たちの話に花が咲いた。

「郁美、知ってる？　柱子（はしらこ）、今度、結婚しやんねんてぇ」

「ふうん」郁美は、ああ、また、こんな話か、興味ないなあ、という感じを露骨に表しながら答えた。「知らんかった。そういうたら、星絵はまだ結婚しぃひんの？」

「えぇ？　わたしぃ？」星絵は満面の笑みを浮かべて言った。「どう思う？」

どう思うも、こう思うも、あんた、今、自分で言うたも同然やんか。郁美は努力の甲斐（かい）もなく、星絵の撒（ま）いた餌に引っ掛かった自分を呪った。

「あっ！　ひょっとしたら、結婚するん違（ちゃ）うん？」

「えっ？　なんでわかったん？」

わからいでかい！

「何かそんな気ぃがしてん」

「嘘ぉ。誰かから聞いて知ってたん違うん？」

「ううん。全然、知らんかった」

「へぇ、ほんまぁ」

「それで、どんな人ぉ？　何やったはるん？」

うわ！　こんなこと訊きたない。話が長なる。

ひとしきり、星絵は惚気た後、郁美に尋ねた。「郁美はまだ結婚せえへんの？」

なるほど、お返しのつもりやね。そやけど、残念ながら……。

「わたしはまだや。ドクターとるまで、そんな余裕あらへん」

「えぇ？　ドクターて何？」星絵はきり返しが、予想外だったので、すっとんきょうな声を出した。「お医者さんになるっていうこと？」

「いや、お医者さんもドクターていうけど、わたしが言うたドクターていうのは学位をとるっていうことや」

「学位て？」

「学位っちゅうのは博士とか、修士とか、学士とかいうやつや。学士は大学出たら、皆貰えるんやけど」

　あぁ、学士は学位と違たかな。まぁ、ええか。間違うても、わからへん。わからへん。

「ほな、わたしも学士？」

「短大出は学士と違たと思う、多分」

「なんや、そうか」星絵はさほど残念そうでもなかった。「ほんで、どうしたらドクターとれるん？」

「D論書いて出すねん。その前に何件かペーパー書かなあかんねんけどな」

「なんやて？　なんやて？」

「そやから、研究内容を論文にまとめなあかんねん」

「ああ、遺伝子工学の実験の」

「そうそう。そやけど、その実験がかなんね」

「どんな、実験なん？」

　そや、星絵に研究室の愚痴聞いて貰おう。わたしかて星絵の惚気聞いたってんから、別にええやろ。

「それが、うちの助教授が変やねん。うちの研究室は教授がいぃひんから、助教授が全部見たはるんやけど」

「教授と助教授て違うん？　それも学位？」

「学位と違う」郁美は軽く流した。「ほんでその助教授は丸鋸遁吉先生っていうんやけど、家畜の遺伝子組み替えが専門やね」

「家畜て豚とか？」

「うん。ほんで、丸鋸先生は『わたしは人道主義者だ。だから、捕鯨禁止には反対だ』ていうねん」

「『賛成だ』やろ」

「『反対だ』やねん。なんでて言うたらな、牛は一頭だいたい体重五百キロぐらいとしたら、鯨はまあ種類によって、いろいろやけど、十トンとか百トンとかするわな」

「一トンて何キロやった？」星絵は目を丸くした。

「そやから、鯨、一頭殺したら、牛、二十頭とか二百頭とか助かるわけやん」郁美は構わず続ける。

「鯨の肉て牛肉に似てるん？　わたし、小さい時はよう食べたけど最近はあんまり食べてへんから、覚えてへんわ。あれ？　なんで、うち鯨食べへんようになったんかな？」

「丸鋸先生は殺す動物の数は少ない方が人道的やと思たはるねん。例えば、鶏一羽からとれるもも肉は二本やけど、もし一羽からもっともも肉がとれたら、死ななあかん鶏が減るはずや思わはってん」

「あぁ、その話、知ってる。知ってる。そういうの都市伝説ていうんやろ。四本足の鶏やったら、一羽から倍のもも肉がとれるていう。その方が死ぬ鶏の数は減るわなぁ」

「その四本足の鶏の話は知らんけど、丸鋸先生の作ったのは二十三本足の鶏やねん」

「えぇ、鶏の体のどこに二十三本も足生えるとこあるん？」星絵は目を剝いた。

「背中とか、鶏冠の間とか、喉とか、眼窩とか、あっち、こっち、いろいろ」

「眼窩て目ぇのとこのこと?!」

「うん、眼球はちゃんと付け根のとこに残ってんねんけど、ももの筋肉に押しつぶされてしもうてるから、ちゃんとは見えへんかもしれへんけど。片っぽだけやし。それはええねんけど、そのかっこで歩こうとするから、籠から出したら、ばたばた、えらい騒ぎやねん」

「そんなんどうやって作るん？」

「普通は生殖細胞か受精卵に操作するんやけど、丸鋸先生は成体にでも使える手法を開発しはってん。最初にその鶏からどこでもいいから細胞をとって培養するねん。遺伝子の組み替えをするんやけど、誰でも知ってる普通の制限酵素とかリガーゼとか使って、切り貼りするやつな」

「知らん。知らん」

「この場合は別の生物の遺伝子を組み込むんと違て、自分自身の遺伝子を場所変えたり、重複させたり、するわけやけど、その材料になる遺伝子を鶏の細胞からとりだして、増幅させて、必要な遺伝子を大量生産するわけやねん。まあ、ちょっと違うけどな」

「わからへん。わからへん」

「ほんで、必要な遺伝子が大量に得られたら、別の正常な細胞に直接注入すんねん。そして、それをさらに培養して、もとの鶏に移植すると、さっき言うたみたいなことになるねん」

「なんで？　なんで？」星絵は泣きそうな顔になった。

「人間もそうやけど、生物の細胞にはどの一つをとっても全身の分の遺伝子が入ってるねん。遺伝子っちゅうのは設計図みたいなもんやから、つまり、星絵の唇の細胞の核の中の遺伝子を調べたら、足の裏の設計図も入ってるし、手ぇの設計図も入ってるし、目ぇの設計図も入ってるし、十二指腸の設計図も入ってるし、クリトリスの設計図も入ってるっちゅうことやねん。わかる？」

「わからへんけど。わかったことにしとく」

「それで、なんで、星絵の唇が足の裏になったり、手ぇになったり、十二指腸になったり、クリトリスになったりせんと、唇になるかというと、発生の段階でちゃんと分化するように細胞同士で連絡し合うからやねん」

「細胞がしゃべるん？　ところで、発生て何？」

「しゃべらへんけど、まあ、そういうことや。わたしは胃ぃになるから、その横にいるあんたは食道になりぃ、とか、わたしは肩になるから、その横にいるあんたは腕になりぃ、とか……」

「わたしは鼻の穴になるからあんたは鼻毛になりぃ、とか」

「そうそう、正確には鼻毛の毛根細胞かもしれんけど。つまり、丸鋸先生は遺伝子組み替えで嘘のメッセージを出す細胞を作るのに成功しはったんや。それを例えば鶏の腹の皮膚に移植すると、回りの細胞に嘘のメッセージが伝わって、足にならなあかんと騙(だま)されて、細胞が再分化するわけや」

「そんで、なんで足二十三本も作ったん？」

「最初は一本だけの筈(はず)やったんやけど、移植した細胞が、リンパ腺(せん)を伝わって転移したみたいやねん。後で解剖したら、内臓にも何本か、足生えかけててん」

「なんか癌みたいやなあ」

「そやけど、丸鋸先生は『これは嬉(うれ)しい誤算だ。一回の移植で二十本以上の足がつくれるとは非常に効率的だ』て喜んだはんね。そやけど、あの鶏の苦しみよう見たらな、なんかかわいそうで。かわいそうで」

「その先生人道的と違うん違う？」

「いや、そんなこと言うても先生は言いかえさはるわ。『一羽の鶏の苦しみで、平均十・五羽の鶏が苦しみから逃れられることを非人道的というのかね？』けど、そんなことより、腹立つんは新しい実験が成功する度にわたしに見せに来はることやねん。鶏もそうやったし、この前もな……」

「なんで、十・五羽なんて中途半端な数なん？」

その時、やっと、「ぶったまげチキンカツレツ」が運ばれてきた。

「先、食べてええで」白井郁美は言ったが、蟻塚星絵はもじもじするばかりで、なかなか食べようとしなかった。

「何してるん？　遠慮せんでええでぇ」

「いや、遠慮してるん違うけど」

「ほんなら、食べぇな」

「そやけど、これ、チキンカツレツや」

「そら、チキンカツレツ頼んだら、チキンカツレツくるで」

「チキンカツレツゆうたら、かしわや」

「うん。うん。知ってる。知ってる」

星絵はまたもじもじして、下を向いて言った。「わたし、まだ、チキンカツレツに手ぇつけてへんし、郁美のサーモンステーキと交換してくれへん」

「値段違うし、星絵、損やで」

「かまへん。かまへん」

「そんなら、換えたげるけど、セットのデザートとかどうする？」

「あんた何したん？」

「苺（いちご）ミルク」

「ほんなら、一緒やんかちょうどええわ」

「飲むもんは？」

「コールコーヒー」

「わたし、オスヵ。これはこのままにしとこぉ」

話が決まると、白井郁美は黙ってチキンカツレツをぱくぱく食べ始めた。

蟻塚星絵は沈黙に耐えかねたかのように言った。「何の話やったかな？」

「そや。そや。この前も新しい実験材料持ってきはってん。先生、魚の養殖にも興味持ったはってな。

『魚というものは水棲（すいせい）だから、養殖が面倒なんだよ。これが陸棲だったら、どんなにやりやすくなると思うね？　人間は陸棲だからきめ細かい世話ができるよ。何か問題があっても、水の中なら、気付かないこともあるだろうが、陸にいれば、すぐに気付く。魚はとてつもなく大量の卵を産んで、その大部分は死んでしまうんだ。でも、陸棲にすれば、大事に監視してそだてられるから、最初から必要なだけの稚魚を孵化させればいい。人道的だろ』て言わはってな」

「陸棲の魚て、ムツゴロウとか？」

「そんなんは陸棲とは言わへんで。先生は他の動物の遺伝子を使って、鱒の鰭を足に、浮き袋を肺に再分化させはって、わたしに見せにきはってんけど、まだ未完成やったんや。先生が籠の蓋閉め忘れたんで、研究室のそこら歩き回るし、椅子とかテーブルに登ってくるし、人懐っこいのは可愛いねんけど、外皮が乾燥に弱ぁて、すぐ、鱗ぼろぼろになるねん」

「気色悪ぅ」

「可愛いから、一四、ハンドバッグに入れて持ってきてんけど、もう、こんなんなってるわ」

　郁美はハンドバッグから、体長十センチ程の鱒を取り出して、テーブルの上に置いた。本来、胸鰭と尻鰭が生えるべきところから、長さ五センチ程の足が伸びていた。足の付け根近くはどちらかというと、両生類のような感じのぬめぬめした皮膚の状態だが、足先は疎らに毛が生えて、哺乳類の様相を呈していた。二、三歩尾鰭を振りながら、歩いたが、そのまま横倒しになって、のたくり、苦しそうに口を開けたり閉じたりした。

「ほら、鱗がぼろぼろになって、血ぃにじんでるやろ。特にえらの所の乾燥がきつぅて、えらい、血ぃ出てるわ」

白いテーブルの上に、ゆっくりと、血の紋様が広がっていった。

「水に入れたらんと、かわいそう違(ちゃ)うん」

「あかん。あかん。浮き袋が肺になってるから、水に入れたら、溺(おぼ)れて死ぬねん」

「悶絶(もんぜつ)、サーモンステーキ」が運ばれてきた。ウェーターは鱒に気付かずに戻って行った。

「なあ、郁美」星絵は俯(うつむ)いたまま言った。

「サーモンて鮭のことやなぁ」

「うん。そや」

「ほんなら、鱒と違うなぁ」

「鱒はサケ科やで。確か、陸封された鮭が鱒になったん違(ちご)たかな」

「…………」

「どないしたん？」

「今日はもう食欲ない。サーモンステーキは下げてもらう。それから、郁美、お願いがあるんやけど」

「何？　何？」

「その血まみれになってもがいてる鱒、どっかに直してくれへん？」

すでに、白井郁美は「ぶったまげチキンカツレツ」を食べ終わっており、蟻塚星絵はウェートレスを呼び、一緒に「悶絶、サーモンステーキ」も下げてくれるように言った。ウェートレスは不審そうにというより不機嫌そうに手付かずの「悶絶、サーモンステーキ」を持って行った。しばらくすると、デザートと飲み物が運ばれてきた。

「まさか、その先生、蠢く苺なんて作ってへんわな？」星絵は恐る恐る尋ねた。

「そんなんは作ってへんな」郁美は暢気に答えた。

星絵はほっと溜め息をついて、スプーンで苺を口に運び始めた。

「そやけど、こないだ、『ちょっと、畜舎に来てくれないか？　見せたいものがあるんだ』て言うから、行ってみたら、牛がいてんけど、全身、乳房まみれ。数は勘定できひんかったけど、まあ、百個はあったと思うわ。斑点模様と尻尾があったから、牛てわかったけど、乳房しか見えへんねん。あんまり、たくさん乳房があるから、先生一人でよう絞りきらんから、パンパンに膨れ上がって、勝手に染み出してるんやけど、それに血ぃが混じってて、畜舎の床一面苺ミルク状態やったわ」

星絵はスプーンを皿の中に落とした。飛沫が顔一面にかかった。

「あんた、わざと言うてるん違う？」

こんだ。

「ううん」

郁美は平気で苺ミルクを食べ終わった。星絵は目をつぶって、一気に口の中にかき

顔色がまっ青だった。

星絵はそのまま無言で席を立つと、トイレに駆け込んだ。

「そんな、気色悪いことばっかりするんやったら」トイレから戻って、少し、気分がよくなった星絵が言った。「いっぺん、はっきりと、その先生にやめてくれ言うたったらええやんか」

「この前、いっぺん言うたことあるねん。畜舎で大きな肉の塊というか山を見せられた時やねんけど。

『これはなんですか？』わたし訊（き）いてみてん。

ほんなら、先生はにやっと笑わはった。『何だと思うね？』

肉の山は直径五メートル、高さ三メートルぐらいあって、赤黒くて、光沢があって、ぴくぴく動いてて、表面には赤とか、青とかの血管が網のように走ってて、それが脈打ってるから、肉山全体も脈打ってて、それとは別にぎゅっぎゅってあっちこっちが不自然に痙攣（けいれん）してるし、なんやよぉわからんかった。

『この痙攣とかは何ですか？』

『そうやって、痙攣させないと、肉がよく引き締まらないんだよ』

『これ、いったい、何の動物ですか？』

『何だと思うね？　当ててごらんよ』先生は自慢げに言わはった。

そう言われたら、当てんとあかんのかなぁ思て、肉山のあっちこっち覗いてたら、肉山の下の方にくるんとした尻尾がついてんのが見つかってん。ほんで、反対側にまわったら、肉のしわの間に目と鼻と口があって、ああ、これは豚やな、てわかってん。

『先生、手ぇとか足とかはどこですか？』

『手じゃなくて、前足だろ。顔の下の方に付いてるはずだよ』

見てみたら、確かに指の先っぽみたいのがあったけど、足の残りの部分は肉に隠れてたみたいやった。豚は時々、『ブッブッ』て小さな声でなくだけで、痙攣以外には全然動かれへんみたいやった。

『なんでこんなかわいそうなことするんですか？』

『かわいそうなんかじゃないよ。こいつは何も感じない筈だよ。これは食用の肉を手に入れるための実験さ。この豚は普通の豚十頭分以上の肉を持っている。いや、正確に測定したわけじゃないが、そんなもんだろ』

先生、こんな大きな肉切り包丁を持ってきて、豚の肉山にぐさって、差し込んで、円を書くように回しながら、豚肉を切らはんね。ほんで、最後に円の真ん中に包丁を差し込んで、引っ張ったら、綺麗に円錐形に豚肉がとれてな。そやけど、血ぃは殆ど出ぇへんかってん。その代わりなんか黄色い粘液みたいなもんが染み出してて、切り取った豚肉と肉山に残ってる切り抜いたあとの穴との間に納豆みたいに糸ひいてた。豚肉はまだぴくぴく動いてたし。

『どうかね、一口、寄生虫はいないから、大丈夫だよ』

口つけへんかったら、先生、気ぃ悪したかもしれんかったし、本当言うたらわたしも豚の生け作りいっぺん食べてみたかったたし。それでまあ一口齧ってみたんや。ほんなら、わたしびっくりしたわ。味は牛刺しそのものやってん。

『これ、豚や言わはりましたけど、牛の味がします』

『そうだろ、これは苦労したんだ。この肉山をよく見ると、微妙に色が違うところがあって、斑になっているのが、わかるだろう。実はこれは牛肉と豚肉のキメラになってるんだ。いや、豚そのものと牛そのもののキメラはまだできないんだが、筋肉の部分だけなら、こうやってできるんだよ』先生、自慢気に言わはった。

『なんで、わたしにこんなもん見せはるんですか？　わたしの研究テーマはショウジョウバエの人工進化でこんな家畜の改良と違うんです。わたし、こんなん見てたら、胸悪ぅなるんです。かわいそうでしゃあないんです』

『いや、かわいそうじゃないんだよ。切り取った肉はすぐ再生するし、さっきみたいに血管に気をつけて切れば殆ど血もでない。それに痛覚神経の発生は抑えてあるから、痛みも感じていない。第一、この豚はもう人間の食料になるために、死ぬ必要はなくなったんだよ。これは人道的見地に立っても、決して間違ったことじゃない』

『そうは言わはりますけど、先生、この豚に訊いてみはったんと違(ちゃ)うでしょ。この豚、苦しんでるかもしれへんのに!』わたし、言い返してたら、なんか涙が出てきてな、そのまま、帰ってしもてん。

そしたら、次の日ぃから、先生大学に出て来はらへんねん。嫌味やろ」

「それ、いつの話?」

「先週の月曜日やったから、もう一週間にもなるわ。ほんで、もっと、気色悪いんが、その先生、さっき言うた生きてる肉山うちに持って帰らはったらしいねん」

「そんなもんどうやって持って帰るん?」

「トラックでや。最初、家畜専門の運送屋に頼んだんやけど、気持ち悪がって、断られたから、先生トラックだけ借りて、自分で家に持って帰らはったらしい」

「トラックて普通の免許でいけるん?」

「よう知らん。そやけど、あんなもん、よう家に置いとくわ。どんだけ広い家かて、あんなもん置いといたら、身動きできひんで。ほんで、臭いし」

「臭いん?」

「さっき言わへんかったかな？　動かれへんから、糞尿は垂れ流しやもん。……あっ、そやそや。今日、先生から、電話あってん」

「郁美に？」

「うん」

「うちに？」

「ううん。学校」

「なんて？」

「『君に見せたいものがあるから、ちょっと僕のうちまで来てくれないかな？』て」

「行くんと違うやろな」

「行こと思うねん。気色悪い。ついてきてくれへん？」

「いややわ。行かんとき」

「そやけど、あの豚のことちょっと気になるしぃ」

「やめときて」

「ほなら、そうするわ」

　とは言ったものの、白井郁美は豚のことが気になっていた。ファミリーレストランから出て、蟻塚星絵と別れてからも、足取りは重かった。

また、丸鋸先生に変な実験されてるんと違うやろか？　かわいそうやなぁ。丸鋸先生の家までやったら、二時間もあったら往復できるし、行ってみよかな？　丸鋸先生独身やったはずやから家には他に人いてへんらしいけど、先生も大学の助教授や。女の子襲たりしぃひんやろ。

郁美は決心した。

私鉄のローカル線の終着駅が丸鋸遁吉の家の最寄りの駅だった。すぐに着くと思っていたが、意外に乗換えの接続が悪く、駅に到着した時にはすでに暗くなっていた。丸鋸の家は地図で見るとすぐに思えたのに、実際に歩くと三十分以上かかっても辿り着かず、しかも、坂道だったのでへとへとになってしまった。街灯こそあったものの、人通りはまったくなく、田舎道を女一人で歩くのは心細かった。

こんなことやったら、ちょっとぐらい混んでても車できたら、よかったわ。

もう引き返そうかと思った頃、丸鋸の表札が見つかった。大きな家だとは聞いていたが、殆ど邸宅と言ってもいいほどの家にすんでいたとは驚きだった。どうやら、資産家の息子だったらしい。

とっくに日が沈んでいるというのに、家には明かりはついていなかった。玄関灯すらついていなかった。門も閉ざされ、少し離れた街灯や付近の家から漏れる光に照らされて、家は黒々と古城のように聳えたっていた。

郁美は一瞬気後れしたが、半ば手探りで門のチャイムを押そうとした。

何か妙な気がした。

指は何かねっとりとしたものの中に沈んだ。

ぎょっとした。門柱全体が半透明の粘液で覆われていたのだ。さらによく見ると、暗いので定かではないが、門柱の上半分はゼリー状の物体で覆われているようだった。街灯の光で見る限りは色は赤かった。門の全体にもゼリーがかかっており、鉄の格子の間にも半透明の膜が張っていた。

指を引きぬくと、粘液は指に絡みついたまま引き伸ばされ、ワンテンポ遅れて、地面に滴り落ちた。指の臭いを嗅ぐと油の臭いと生臭さが混ざったような感じだった。

これ何かなぁ？　ペンキやろか？　そやけど、なんでチャイムのボタンの上までべとべとに塗ってるんやろ？　ごっつ不愉快や。

郁美はしばらく迷った末、ハイヒールを脱いでその踵でボタンを押した。ただでさえハイヒールなのに裸足の方をもう片方の上に乗せているので、よけいに不安定になるが、そのまましばらく待った。

なんの反応もない。
二、三度繰り返したが、家の中は静まり返って物音一つしない。
郁美は粘液の中から、ハイヒールを引っこ抜き、履きなおした。抜く時に少し、粘液が中に入ったようで靴下に染み込んでぬるぬるする。

こうして待ってても、埒明かん。思いきって、中に入ってみよ。

指先をべとべとする門の格子の中ほどに当て力を込めて押してみると、すっと動いた。指に触れるゼリーが微かに震えているような感じがしたが、きっと自分の手が震えているのだろう。さらに門を開けると、蝶番いのところに挟まったゼリーが破れて、内容物が溢れ出て、足元に水溜りができた。ゼリーよりは少しさらさらした感じだが、中に未消化物のような破片が無数に浮いていて、吐き気を催すような臭いがした。

門から玄関までの前庭の地面もゼリー状の物体で覆われており、歩く度に踵に纏わりついたが、玄関に近付くにつれて、段々と表面が堅くなって薄皮がはったようになり、その表面に真っ青な管が走っているのもわかるようになってきた。

郁美は認めたくなかったが、それはどう見ても血管のように見えた。

粘液塗れになりながらも、やっと玄関に辿り着く。

やはり、ドアも何か赤黒い物に覆われていて、ノブからは汁が垂れていたが、郁美は思い切って、握ってみた。柔らかく、そして生暖かく、湿っていた。

ゆっくりと回すと鈍い音がして、ドアが開いた。鍵はかかっていなかったらしい。

家の中の壁はすべて赤黒い物体に覆われていた。入り口から入る街灯の微かな光を浴びて、その表面に周期的に赤や青の管が浮かび上がる。天井にも一面同じ物体が広がり、何十本も錘が垂れ下がっていた。長さは数十センチから大きいものでは一メートルを超えるものまであり、それらが全部ばらばらに縮みあがったり、垂れ下がったりを繰り返している。高温多湿状態になっており、壁や天井から、時々、噴き出す黄色い液体のためかなんとも言えない生臭さがただよっていた。窓はすべて完全に埋まってしまってどこにあるのかもわからなかったが、天井の照明はどこにあるかは辛うじて肉の膨らみで判別できた。ただし、紐の先まで物体が巻き付いていて、点けることは不可能だった。物体はゆっくりと波をうっており、詰まった配水管に水が流れる時のような不快な音をたてていた。

　白井郁美はどうしようか迷っていたが、とにかく現状分析をしなければと、バッグから痴漢避けの懐中電灯を取り出して、点灯した。

　まず、赤黒い物体を備に観察してみる。到底信じ難いことだったが、それはどう見ても筋肉だった。正確に言うと、黄色い脂肪がかなり混ざっている。もう少し脂肪の色が白ければ霜降りと言ってもいいぐらいだ。表面には透明で薄い皮のようなものが貼ってはいるが、皮膚と言えるほどはっきりした組織ではなかった。

　郁美は意を決して家の中の探検を始めることにした。床も肉で覆われているので、ハイヒールのまま、廊下に上がり込んだ。ハイヒールの踵の先がずぶずぶと肉に突き刺さる。すると、そこから、波紋のように蠢きが広がった。肉はハイヒールごと郁美の足を取り込もうとするかのように、踵に巻き付き始めた。郁美はさらに一歩進んだ。多少、糸はひいたが、意外と簡単に前に進むことができた。肉が取り込む速度はそれほど速くないようだ。

入ってしばらく進むと、トイレがあった。トイレのドアは半開きになっていて、外側も内側もびっしり肉壁が貼りついていた。ドアには分厚く肉が取り付き、もはやその半開きの位置から開けることも閉めることもままならなくなっていた。中を覗くと、便器もすっかり、肉に覆われている。トイレットペーパーは肉の汁けを吸ってぐじゃぐじゃになっていた。

その横には風呂場と洗面所があったが、蛇口も風呂桶もすべて肉で覆われて、風呂桶の中には赤い液体がたまっていた。

そのさらに横には二階への階段があったが、そこは後回しにして、台所に向かった。ここも、すべて肉壁で覆われていた。大きな直方体の肉の塊はどうやら冷蔵庫のようだった。

台所の窓から、裏庭の様子が見えた。その窓はたまたま開いていたため、肉に埋まってしまわなかったのだろう。

空に昇ったばかりの少し欠けた青い月の光に照らされて、地面や木が肉に取り込まれて、のたくっている様子がわかった。

郁美は生暖かくねっとりとした窓枠に手をかけ、外に飛び出した。着地した瞬間、地面の肉がぶるぶると震えた。

少し離れた所に池がある。直径は三メートル程だった。郁美は必死にバランスを取りながら、不規則に動く肉の上を進んで池に向かった。

池にはまだ水が残っているようだった。覗いてみると、なんとそこには錦鯉が四、五匹残っていた。しかし、すでに池の底には肉が広がっており、そのうちの二匹は触手のような肉錘に巻き付かれて、苦しそうにもがいていた。別に食べたり、血を吸っている様子はなかった。ただ、無闇に成長する肉がたまたま取り込んでしまったのだろう。

郁美はもう一度台所に戻ると、包丁を探した。流しらしき部分の下辺りの空洞はおそらく台所用品入れだとあたりをつけ、手探りしていると肉の中に包丁らしきものが埋まっているのがわかった。懐中電灯を肉床に置くと、布の中に入り込んでしまった針を取り出す要領で、包丁の回りの肉を引っ張ったり、押し縮めたりしているうちに、肉を突き破って包丁の切っ先が現れた。郁美はぬるぬるするその先端を注意深く指で引っ張って、包丁を引きずり出した。傷口から橙色の汁が溢れ出す。包丁にへばりつく筋繊維を指で取り除くと、郁美はそれを持って池にとって返した。

油が浮く池にスカートが濡れるのも構わず膝まで浸かって、鯉を締め付ける肉を切り裂いた。赤黒い体液が煙のように池の中に広がる。弱々しく逃げ出した二匹の鯉も他の鯉たちも姿が見えなくなってしまった。

大丈夫かな？　そやけど今はこれ以上どうしょうもないしなぁ。まあ、血ぃや肉やったら、毒はないやろ。

その時、郁美はふと何かを思い付いて、目を輝かせた。

そや。せっかく、包丁があるんやし！

池の岸近くに生えていた肉壁にすっかり覆われた木の枝から垂れ下がる肉の塊をむんずと摑む。びくびくと動いてはいるが、危険はないようだ。強く握ると、指の間から肉がはみ出し、油混じりの肉汁が滴り落ちる。ぐっと引っ張ると、引き伸ばされ少し細くなる。そこに包丁の刃を当て、一気に切断した。血は殆ど出なかった。

郁美は手の中でまだ動いている肉塊にがぶりと齧りついた。前に食べた豚の肉よりもかなりジューシーで、口から汁が溢れ出し、胸にまで流れ出した。袖口で口元と顎を拭いながら、よく味わってゆっくりと肉を嚙んだが、あの時と同じ肉かは今一つ確証が持てなかった。もう一度、確かめに家に入るしかないようだ。

家の中に戻ると、今度は階段に向かった。もちろん段は肉の下に隠され、肉のスロープと化している。滑りそうになるのを、肉棒と化した手すりに摑まってなんとか二階に辿り着くと、そこもまた、肉の世界だった。

肉の蠢く音に混じって異質な音が聞こえていた。

じーこ……じーこ……じーこ……じーこ……じーこ……ちん。

何の音やろ？　聞いたことあるわ。

それは聞き慣れた音であるには違いなかったが、何の音かはなかなか思い出せなかった。郁美は目をつぶって、懐かしい音に耳を澄ませた。

電話をかける音や！

それは旧式のダイヤル式電話をかける音だったのだ。それはしばらく続いては受話器を置くちんという音で止まり、また、始まるというのを繰り返していた。どうやら、電話の相手は話し中か留守のようだ。

郁美は息を殺しながら、懐中電灯の光を床すれすれに這わせた。そこは短い廊下になっていた。窓もドアも何もわからなかったが、一箇所だけ亀裂があった。どうやら半開きになったドアらしい。しかも、ダイヤルの音はそこから聞こえてくるように思えた。

郁美は忍び足でドアに近付いた。もっとも、この状況で忍び足にはたして意味があるのかは疑わしかったが。

ドアの隙間は十五センチほどだった。手をかけて開けようとしたが、天井や床と一体化しているため、少し撓むだけでそれ以上どうしても広がらない。

白井郁美は中にいるかもしれない誰かに気付かれないように懐中電灯を消し、頭を隙間に押し込んだ。ねっとりとした肉が髪の中を通って行く。頬に密着する感覚はちょっとパックみたいやなと思った。途中まで頭が入ると、今度は体を横にして滑り込ませる。肉壁と自分の体が押し合いへし合いして、ぶるぶると震える。服を通して、肉の温(ぬく)もりと湿り気がはっきりと伝わってくる。

ついに動けなくなってしまった。肉が取り込もうとしているのだ。襟や袖口やスカートの裾(すそ)の中にも入り込みかけているのも気になるが、それよりも鼻と唇を覆われそうなのをなんとかしなくてはならないだろう。

郁美は満身の力を込め、前に進もうとした。ほんの少し進んだが、すぐに引き戻される。肉はぐいぐいと郁美の肉体を圧迫し、気のせいか呼吸しづらくなってきた。

「や!!」郁美は大声を出し、死に物狂いで肉を押しのけた。肉が潰(つぶ)れる音と服が裂ける音と共に郁美は部屋の中のべたつく肉床の上に倒れ込んだ。

部屋の中には喩(たと)えようもないほど、ぞわぞわとした殺気が満ちていた。

放り出した懐中電灯を手探りで探し出すと、後先考える余裕もなく、部屋の中を照らし出した。

そこには丸鋸遁吉がいた。

しかし、郁美は最初、何を見ているのかわからなかった。

丸鋸の顔は丸鋸の頭についているのではなかったのだ。丸鋸の顔は肉壁にべたっと貼りついていた。観光地にあるようなベニヤ板に開けた穴から顔を出しているのではない。顔の皮膚がそのまま壁の表面に連続的に繋がっているのだ。顔の上に疎らに生えている毛は髪なのかもしれない。丸鋸の顔の近くの壁から手が二本生えていて、一つはテーブルの上の電話のダイヤルに伸ばし、もう一方はぶよぶよした塊を丸鋸の口に運んでいた。丸鋸はくちゃくちゃと口を動かしながら、ぽかんと郁美を見つめていた。

「先生、何したはるんですか?!」郁美はなんとか起き上がって、丸鋸に近付いた。

「おや、白井君だったのかい？　急に照らされたから何事かと思ったよ。今、君のうちに電話していたところだったんだよ。なかなか来ないんでね」丸鋸の顔はにやりと笑い、手は人差し指を立てた。「ああ。君の言いたいことはわかるよ。確かに電灯のスイッチが入れられなくなったのはちょっと不便だけど、慣れりゃあ、暗がりでも電話はかけられるのさ」

壁の下の方には足らしきものも生えている。

「いやあ、君が言ったことが気になってね。そう、確かに僕は家畜の心を確かめた訳じゃなかったんだ。それで、思ったんだよ。家畜の気持ちを確かめずに改良をするのは一人勝手な思い込みの人道主義に陥ってしまう可能性があるってね。そこで、豚に行った改良を自分自身にもやってみたんだ。それほど、不快じゃないよ。この通り味もなかなかいけるし。ああ、そうだよ。君がさっきから、ハイヒールで踏み付けてるのは僕の肉なんだよ。……まあ、ちょっと、嬉しいけどね」

森の中の少女

そして、赤頭巾（あかずきん）ちゃんは誓いました。「お母さんの言い付けに逆らって一人で森の奥に入ったりは二度としないわ」と。

――「赤頭巾」より

この間、不思議なことがあったのよ。「少女」は「母」に語りかけました。村外れまで行った時に、声が聞こえたの。

声だって！　「母」は驚いたようでした。いったい全体どうして、おまえは村外れになんか行ったんだい？　あれほど行っちゃあいけないって言っておいただろ！

そんなに奥までは行かなかったわ。「少女」は口を尖（とが）らせました。ただ、わたしは村と森の境界がどうなっているかを見たかっただけだもん。

恐ろしいことだよ。向こう側には恐ろしいものが棲（す）んでいるんだよ。

向こう側？

境界の向こう側さ。あたしたちは自分たちの領分から出てはいけないんだよ。それが取り決めだ。

誰が決めた取り決め？「少女」は尋ねました。

知るもんかね。とにかく、あたしたちはずっと取り決めを守ってきた。だから、やつらはあたしたちを見逃してくれているんだよ。

やつらって？

とてつもなく、恐ろしいやつらだよ。あたしたちは取り囲まれて、孤立しちまったんだ。一歩外にでたら、そこはやつらの世界さ。村と森の境界は、人間と獣の境界でもあるんだ。

生き残ってるのが、わたしたちだけって、どうしてわかるの？　他にもここみたいなところがあるんじゃないかしら？　わたしが聞いた声はひょっとして、そんなふうな……。

馬鹿なことを言うもんじゃないよ。たとえ、他にも仲間が生き残っていたって、やつらの中をかい潜って（くぐ）ここまで来られるもんかね。それに万が一、そうだとしても、それがどうだというんだい？　あたしらが束になったって、あの怪物どもは倒せない。そんなことばかり考えていると、長生きできないよ。いいかい、あたしと約束しておくれ。もう決して、村外れには行かないと。

「少女」はしばらく不服げな態度をとっていましたが、やがてじっと「少女」を見つめる「母」の目に根負けしました。わかったわ。もう村外れには行かない。

「少女」はとても綺麗な娘でした。盛りあがるほど豊かな漆黒の髪は僅かにカールして、長く腰まで伸びていました。肌は雪のように白く、頬と唇はまだ熟れきらぬ林檎のように淡いピンク色をしています。長い睫に取り囲まれた切れ長の眼の中には夜のように黒く澄んだ瞳がありました。手足は木の枝の如く、細く、長かったのです。彼女が走ると、手足と髪が水藻のようにたなびきました。

「若もの」たちのあるものは「少女」の姿にただただ見とれて、溜め息をつきました。あるものはぎらぎらとした目で見つめ、欲望を隠そうともしませんでした。そして、あるものは彼女を恐れ、自分でも説明のつかない不安にかられました。


影に包まれた大きな怪物が現れて言いました。「おまえはいったい何者だろうか？彼らの中で暮らし、彼らのように振る舞ってはいる。しかし、それは本当のおまえなのか？　おまえはどこから来たのか？　おまえの家族は本当におまえの家族なのか？おまえの姿はおまえの家族や仲間たちとどこか違わないだろうか？　おまえは本当に母の子供なのか？　おまえは自分の臭いに気付いていないのか？

仲間たちが時々おまえを怯えた目で見る理由を考えてみるがいい。おまえは自分の内なる衝動に気が付いているはずだ。おまえは気高く、力強く、荒々しい一族のものだ。おまえの本当の血族たちは、おまえと一緒にいるかりそめの仲間たちを一瞬で打ち殺し、八つ裂きにすることなど、眉一つ動かさずに、やってのけられるのだ。さあ、思い出すのだ。自分がどこから来たか。そして、自らの欲望に身を任せるのだ。それがおまえを解放し、本当のおまえを取り戻させる唯一の方法なのだ！」影は「少女」の肩に手を伸ばしました。

「少女」はその手を払いのけ、怪物から影を剝ぎ取りました。

その下にあったのは「少女」自身の姿でした。

「少女」は自分の絶叫で目覚めました。


でも、それは本当にあったことじゃないんだろ？「兄」は「少女」を慰めました。全部おまえが見た夢に違いないよ。

夢だけれど、夢じゃないの。あの怪物は本当にいたのよ。この前、村外れに行った時、聞いた声と同じだったわ。

声だって？　でも、その時、姿を見たわけじゃないんだろ？

よくわからないわ。わたし、とても驚いていたから。

声が何を言ったか、わかったのかい？

その時はわからなかった。でも、後で夢で見た時には、はっきりと意味がわかったの。

最初はわからなかったんだろ？　じゃあ、気のせいさ。「兄」は優しく言いました。

わたしが生まれた時って、どんな感じだった？

どんな感じって、言ったって……。よく覚えてないな。俺も小さかったから。

ねえ、わたしの臭いどう思う？　「少女」は思いきって尋ねました。

臭いって？　「兄」は「少女」の美しく整った眉が悲しげに歪むのをどぎまぎと見つめます。別にいつもと変わりはないさ。

そういう意味じゃなくて、わたしの臭いはみんなと違うんじゃないかって思ったの。もっとよく嗅いでみて。

「兄」は「少女」の柔らかに膨らんだ髪の中に鼻を突っ込みました。大好きな臭いがしました。

いい臭いがするよ。みんなと一緒だ。

「少女」に潜む微かで危険な異臭は鼻の奥から、胸の中に染み渡り、「兄」の何かを躍らせました。

わたし、訊きたい事があるの。「少女」は「母」に言いました。わたしは本当にこの子供なの？

何を馬鹿なことを言ってるんだい？　おまえは確かにあたしが腹を痛めて産んだ子供だよ。

本当のことを教えて。わたしが自分の姿に気が付いてないと思ってるの？

おまえの姿はちっともおかしくないさ。ただ、他のみんなより、ちょっとばかり綺麗なだけさ。

「少女」は黙って、湖のように澄んだ瞳でじっと「母」を見つめます。

「母」は目を逸らし、ぽつりと言いました。一度だけ、たった一度だけ、目を離してしまったんだ。でも、誓って言うが、あれは間違いなくおまえだったよ。

いったい、何があったの？

あれは嵐が近付いている晩だった。おまえたちを連れて遠出をしたことがあったんだ。すっかり遅くなってしまって、とても急いでいてねえ。後を振り向いた時、おまえたちがいなくなったのに気が付いて、本当に肝を冷やしたよ。すぐ、あっちこっち探しまわった。そして、気が付くと、村外れにまで来てしまってたんだ。

「少女」は息を飲んで、「母」の話を聞きました。

「母」の話によると、まず最初に村外れの空き地で、「兄」が見つかったそうです。「母」はそのまま「兄」を連れ、さらに境界を越えて進んだのです。そして、木の陰で泣いている「少女」を見つけました。

あれは確かにおまえだったよ。そう。確かに、最初少し変な感じはしたけれど、それは気のせいだったんだよ。

木の陰で泣いていた、と言われるとそんな事があったような気がしてきました。わたしは木の陰で泣いていた。でも、どうして？　一人で怖かったから？　違う。何か恐ろしい事が起こったんだわ。

「少女」の頭の中で稲妻が煌き、その時の状況が雷鳴と共に、一瞬目の前に広がります。

わたしの洋服とスカートはびりびりに破れていた。そして、血がついていた。あれは誰の血？

なんでもない。おまえは転んで怪我をしたんだよ。あの時、何も起きなかったのさ。おまえはちっとも悪くない。前のままさ。だから、あたしも悪くはないんだ。ただ、ちょっとおまえから目を離しただけで、そして結局何もなかったんだからね。

あの時、わたしは母さんと歩いていた。兄さんはどうしていたんだろう？　思い出せない。母さんはどんどん進んでいく。わたしは一生懸命追いつこうとした。でも、わたしの足はまだ短くて、どんなに頑張っても母さんから離れていくばかりだった。地面から、木の根が飛び出ていて、わたしはそれに足を引っ掛けて、転んでしまった。お気に入りの靴が脱げてしまって、探したけれど暗くてよく見えなかった。諦めて顔を上げた時にはお母さんの姿は見えなくなっていた。ごうごうと風の音が響き、空には真っ黒な雲がとぐろを巻いていた。わたしは怖くなって、走り出した。あの時、わたしは間違って村の外に向って走ってしまったのだ。村の外？　いったい、これはどういうこと？　おかしいわ。だって、あの時……。あの時、わたしは……。

再び、「少女」の頭の中に稲妻が煌き、雷鳴が轟(とどろ)きます。

怪物がわたしを見下ろしている。一本の汚い角を生やしている。

怪物なんか、いやしなかったんだよ。「母」は「少女」の頬に自分の頬を擦(こす)りつけます。そんなわけあるもんか。おまえはあんなに小さかったんだもの。そうさ。あたしはほんのちょっとだけ、おまえを見失っただけで、その間には何も起きなかったんだよ。おまえは前のままのおまえで、あたしはなんにも悪くないんだ。

「少女」はぼんやりと祖母の事を思い出しました。確かあの日は祖母の家からの帰りだったのです。祖母の顔ははっきりしませんが、やさしい匂いを思い出します。

「少女」は祖母の家に行ってみることにしました。道は覚えていませんでしたが、実際に行ってみればなんとかなるような気がしました。

記憶の中の木々はとても大きく恐ろしげでしたが、今こうして見るとさほどでもありません。昼間見ているせいなのか、それとも「少女」が成長したためでしょうか？

「少女」は木々の一つ一つに触れながら、ゆっくりと先に進みます。森の奥から流れてくる清浄な空気の中に白く浮かび上がる彼女の姿はまるで妖精のように見えました。

いつの間にか、「少女」は村外れに近付いていました。記憶の中のおぼろげな道は徐々にはっきりとし、真っ直ぐに境界へと向って行きます。

やっぱり、そうだったんだわ。わたしは境界を越えて来たのよ。だとすると、わたしの正体はいったい？　まさか、わたしは獣では……。

珍しいところで会ったな。こんなところで何をしてるんだ？

「少女」は突然呼び掛けられて、どきりとしました。振りかえると、いつも「少女」をものほしそうに見つめている「若もの」が立っていました。

ちょっとお散歩に来ただけよ。

わざわざ村外れに散歩に来たって？　ここはもう向こうの領域なんだぜ。「若もの」は「少女」に近付き、首筋に息を吹きかけます。そんなこと俺が信じるとでも思ってるのか？

「少女」は「若もの」の息の臭いに胸が悪くなりました。今にも唇が首の皮膚に触れそうです。嫌悪感で全身に鳥肌が立ちました。本当にお散歩よ。村外れに来てしまったのは、道に迷ってしまったからよ。そっちこそ、何しにこんな村外れにまで来たの？

俺かい？「若もの」はついに「少女」の肩に触れました。俺はおまえをつけてきただけさ。おまえも俺がつけているのに気付いてたんだろ？　だから、誰もいないこんな場所に来たんだ。

違うわ。「少女」は大声で叫ぼうとしましたが、全身が固まってしまい、逃げることもできません。それほどに、恐ろしかったのです。

おまえがもう大人だってことは、随分前から知ってたのさ。だけど、あいつらが邪魔でなかなかチャンスがなかった。

たぶん、「母」と「兄」が「少女」に近付く「若もの」たちに目を光らせていた事を言っているのでしょう。

「少女」の目は逃げ道を探してきょろきょろと動きます。

そんな時、俺は気付いたんだ。時々、おまえが一人で出歩いている事に。発情している時にはよくあることだ。「若もの」は「少女」の首筋をぺろりと舐めた。

「少女」はあまりの恐怖のため手足から力が抜け、その場にへたりこんだ。

やっぱりな。「若もの」は少女の両肩を地面に押しつけ、その上に伸し掛かってきます。これが欲しくて堪んねえんだろ！

一本の汚い角が「少女」の目にとまりました。

「お嬢ちゃん、一人かい？」汚い一本角の「怪物」が言いました。

「ううん。お母さんと来たの」

「お母さんはどこにいるんだい？」「怪物」は周囲を見回します。強い風が「怪物」の髪を靡かせ、それが黒い翼のように見えました。

「わからないの」急に悲しくなって涙が出てきました。

「迷子になったんだね」「怪物」が言いました。「おじさんが一緒に探してあげよう。さあ、おいで」「怪物」の手は冷たく、湿っていました。「その前に、一つだけ、お願いを聞いてくれるかな？」「怪物」は角を握り締め、にやりと笑いました。


「少女」は激痛に泣き叫びました。


こら。静かにしないか。「若もの」は涎を垂らします。とっとと、観念しろよ。

思い出したわ。わたしは思い出してしまった。あの時、わたしは怪物に出会ったのよ。森の奥から現れた怪物に。

呪縛から解き放たれたかのように、「少女」は体の自由を取り戻しました。「若もの」の体の下で、必死にもがきます。「若もの」は再び主導権を取り戻そうと、さらに力を込めます。爪が少女の肌に食い込み、鮮血が滲みます。

助けて。助けて。こんなのは嫌。

「少女」は苦し紛れに「若もの」の毛むくじゃらの胸から、一掴み（ひとつかみ）の毛を毟り（むしり）ました。

ふぎゃあああ！「若もの」は堪らず、身を引きます。

「少女」は半ば這い（はい）ずりながら、逃げ出します。

こら。待て！おまえはもう俺のぐるぎゅぐるるるる。「若もの」の唸り（うなり）声はまるで地響きのようです。

「少女」は必死に走ろうとしましたが、腰から下に力が入らず、歩くのが精一杯です。

ぐわぁお！「若もの」は狂暴に吠え（ほえ）ながら、「少女」の背中に飛び乗ります。「少女」は重さに耐えかね、再び地面に腹ばいになります。

ぐうう。ぐるるるる。ぐぅおおおおうう。「若もの」は「少女」の首を咥え（くわえ）、都合のいい体勢を取ろうとしました。

「嫌。嫌。助けてお母さん」

突然、「少女」は「若もの」諸（もろ）とも何かに突き飛ばされ、横倒しになりました。「若もの」は「少女」の体から跳ねのきます。「少女」が見上げると、そこには「兄」がいました。そして、その後には「母」も控えています。「兄」が「若もの」の体に体当たりして、二人を引き離してくれたようでした。

こんなことじゃないかって、思ってたんだ。「兄」はらんらんと輝く赤い目で、「若もの」を睨みつけます。この娘はおまえのものじゃない。さっさと失せろ。

言ってくれるじゃないか。「若もの」は口からだらりと舌を垂らし、苦しそうにぜいぜいと肩で息をしています。なら、俺と勝負するか？　勝った方がこいつを自分のものにしてもいいってのは？

「兄」はすでに行動を開始していました。「若もの」も迎撃態勢をとろうとしましたが、突き飛ばされた時に足でも挫いたのか、妙な方に腰を捻ったまま動けません。

「兄」は「若もの」の喉笛に食らいつきました。「若もの」は「兄」の牙から逃れようと、地面の上を転げまわりました。やがて、血が噴き出し、「若もの」は腹を天に向け、手足を折り曲げます。「兄」はゆっくりと、「若もの」の喉から牙を外します。

いいか。俺はおまえの喉を噛み潰すことだってできたんだ。今度ちょっかいをかけたら、絶対にそうしてやる。

「若もの」はしばらく、きゅーん、きゅーんと情けない声を上げていましたが、突然森の奥の方へと全速で走って行きました。

ありがとう。「少女」は「兄」の方へ向き直ります。言い付けに逆らって一人で村外れの方に行ったりなんか二度と……。

「兄」の目は真っ赤に充血したままでした。戦いの余韻が冷めないのか、口から赤い泡を吐き続けています。

あいつは言った。勝ったものがおまえを自分のものにするって。

「少女」は後退りました。いったい何を言っているの？

わかってたんだろ。「兄」は背中を丸め、ゆっくりと近寄ってきます。おまえは母さんの子供なんかじゃない。俺のために拾ってきてくれてたんだよ。だからぐるるるる。おまえはほぅっほぅー。

「兄」の体を包む美しい毛がなんだかとても恐ろしいもののように見えてきました。

「少女」は一縷の望みを抱いて、「母」に助けを求めました。しかし、「母」は無言のまま、じっと「少女」と「兄」を見つめているだけです。

そうだったのね。あの日から、わたしはずっと花嫁になることに決まっていたのね。なら、仕方がないことかもしれない。

うぐるるるる。ぐるうぐるぅ。「兄」は喉を鳴らしました。背中の毛が逆立ち、ゆらゆらと揺れます。

「少女」はどしんと尻餅をつきました。「兄」の肉球が「少女」の乳房に強くぶつかり、そのまま仰向けに倒れます。少女は観念し、目をつぶります。長い舌が「少女」の唇をぺろんと舐めました。

銃声が轟きました。

「兄」の鼻先がなくなっていました。

「…………」人間の声がしました。「……………………………………」

「兄」はきょとんとして、しきりに自分のない鼻を前足で探っていましたが、くぅぅと言って、そのままどうとその場に倒れてしまいました。

「…………」銃を持った人間がこちらに向って走ってきます。

「少女」はぽかんと眺めています。

「……怪我はないか……お嬢ちゃん」不思議なことに、人間の言葉がだんだんとわかってきました。いいえ。わかったのではなく、思い出していたのです。

「お嬢ちゃん、そこから離れるんだ。まだ生きているかもしれない。手負いの狼は性質が悪い」

「母」はとっくの昔に逃げ出してしまったようで、どこにもいませんでした。

「少女」はゆっくりと立ちあがると、これからどうしようかと思案しました。「母」が待つ森の中に帰るべきか、それともこの男と村に行くべきか。

村の方から、何人もの人間たちが駆けて来ました。

「ロザリーン！」女が「少女」の名前を呼びます。「ああ。わたしのロザリーン。奇跡だわ。神に感謝します」

その女は「少女」のお母さんでした。「少女」の目からは止め処もなく涙が溢れ出します。

「最初、森の中で狼と暮らす娘を見たという話を聞いた時には、信じられなかった。だが、どうだい、現にロザリーンは生きているじゃないか」覚えているよりもずっと年をとったおばあちゃんも喜びの声を上げています。

　男は少女の肩に手を置いた。「もう大丈夫だよ。この狼はもう死んでいる。しかし、盛りのついた獣にはあきれたもんだ。全く見境がないときてやがる」

「少女」の周りには顔を輝かせた人々が集まりました。「少女」はついにはっきりと人間の声を出して、泣き始めました。「少女」は気が付いたのです。

「母」や「兄」だと思っていたものはただの汚い獣だったということ。

　そして、自分が裸だということに。

魔女の家

まじょの家を見つけたので書いておきます。まじょの家はうちからだいたい十分から二十分ぐらいのところです。右の所にふたご山があるいちです。

前にはわからなかったのですが、一しゅうかん前にけっせきしていたおきなさんのところにきゅうしょくのパンをもっていったかえりに見つけました。だから、わすれないうちに書いておくことにしました。

なぜかというと、まじょにあったら、わすれてしまうかもしれないからです。

四月ぐらいに、まめさとくんがまじょの家を見つけたと言っていましたが、しばらくして、ぼくがきくと、そんなことはしらないといいました。まじょがきおくを消したんだと思います。それからまめさとくんはいなくなりました。先生はてんこうしたと言いました。でも、まじょがつれていったのかもしれません。

だから、きおくを消されてもだいじょうぶなように書いておきます。

まじょの家はふつうの家と家の間にはさまっています。前にはそこに行くことができませんでした。でも、きのう行くと、行けるようになっていました。それで、ぼくは行くことにしました。

まじょの家はかべしかないみたいに見えました。でも、よく見ると、うすいしみのようなものがうかび上がっています。それはまどとかドアのかたちになっていました。それは本もののまどとかドアをまほうで見せかけているんだと気がつきました。

ぼくはドアのところに近づきました。ちゃんとしみのノブもありました。ぼくはノブがあるところに手をもっていくと、見えないノブをまわすかっこうをしました。そして、ドアをあけました。ちょっとだけ家の中が見えたような気がしましたが、またかべにもどってしまいました。

だれかが後ろの方からぼくを見ているような気がしたので、ふりむきました。角のところから、女の人がぼくを見ていました。体は半分かくれていました。白いきものをきていました。目はねこの目のようでした。

ぼくはまじょだと気がつきました。まじょはとてもきれいな女の人でした。

ぼくはまじょがこわかったので、まじょだと気がついていないふりをすることにしました。

まじょはぼくを見てにこりと笑いました。そして、ゆっくりと歩いてきました。

ぼくはにげようと思いましたが、まじょの目をじっと見たままうごけなくなってしまいました。

とうとうまじょはぼくの前まできました。そして、しゃがんでまたにこりと笑いました。まじょはぼくのほっぺたをりょう手ではさみました。

「なにを見ているの？」


「何を見ているの？」

わたしはどきりとして、ノートを取り落としてしまった。「ああ。びっくりした。急に話しかけないでくれよ。心臓に悪い」

「じゃあ、どうすればいいのよ？　話しかける前に手紙でも書けって言うの？」妻は少し拗(す)ねたように言った。

「いや。ごめん。君のせいじゃない。ちょうど読んでいた文章と君の言葉が同じだったもんで驚いてしまったんだ」

「いったい何を読んでいたの？」

「日記だよ」

「日記？　誰の」

「僕の日記だ」わたしは自信なさそうに言った。「……たぶん」

「あなた日記なんか書いてたの？」

「それがどうもはっきりしない」

「えっ？　どういうこと？」

「つまり、これは子供の頃に書いたものなんだ」

「絵日記みたいなもの？」

「そんな感じだね。でも、書いてあることが妙なんだ」

「妙って？」妻は興味を持ったのか、目を輝かせた。「初恋のことでも書いてあるの？」

「初恋ねぇ」わたしはなんと答えようかと迷った。「まあ。初恋みたいなものかなぁ」

「何よ。『みたいなもの』って」

「どうやら年上の人だったらしい」

「あら。あなた案外ませていたのね。学校の先生？　近所のお姉さん」

「近所のお姉さんだったのかなぁ」わたしは首を捻った。

「随分、曖昧な感じじね」

「よく覚えてないんだよ」

「初恋なのに？」妻は目を丸くした。

「初恋とは限らないんだけどね」

「だったら何よ？」

「何なんだろうね」

「いったい、どういうこと？　さっきからのらりくらりと」妻は少し怒ったようだった。からかわれているとでも思ったのだろう。

「だから覚えてないんだよ」

「本当に初恋の人のことを忘れてしまったの？」

「というよりだね」わたしは頭を掻いた。「初恋をしたこと自体忘れていた」

「呆れたわ。日記を読み返すまで、思い出さなかったってこと？」

「いや。むしろ、読み返しても思い出せないんだけどね」

「じゃあ、なんでそれが初恋だってわかるの？」

「それがどうもはっきりしない。ただそんな気がするだけなんだ。さっき君が『初恋』と言ったからそう思っただけかもしれない」

「えっ?! 何？ 初恋の話じゃないの？」妻は心底呆れたようだった。「じゃあ、何が書いてあるの？」

「綺麗な女の人のことが書いてある」

「やっぱり初恋じゃないの？」

「そうなのかなぁ？」わたしはどう答えていいものか思案した。

「あなたはその女の人のことをどう思ってたの？」

「どうもこうも、なんにも覚えてないんだ」

「自分の気持ちを？」

「それどころじゃない。その女の人に会ったこと自体忘れてしまってる」

「なんだか変ね」妻は目を細めてわたしの顔を覗き込んだ。「それ、本当に子供の頃の日記？」妙な誤解をし始めたらしい。

「本当だよ。間違いなく、これは僕が子供の頃の日記だ」

「それじゃあ、子供の頃のあなたはその綺麗な女の人のことをどう思ってたのよ？」

「僕はその人のことを魔……」突然重たいものが胸に詰まったような気がした。

「ま？」

「いや。なんでもない」わたしは手の甲で額の汗を拭った。

どうして、わたしはこんなに汗をかいているのだろう？

「どうしたの？　なぜ隠すの？」

「別に隠しているわけじゃない。ただ……」

「ただ？」

「何かが邪魔をしている」

「何かって、何よ？」

「何か見えないものだ。でも、息遣いが聞こえるほど、すぐ側にいる」

「気味の悪いこと言わないでよ」妻の顔色が変わった。「ちょっとその日記見せて頂戴よ」妻はわたしの手からノートを引っ手繰ろうとした。

わたしは慌てて、ノートを引き戻した。弾みで妻は床に倒れ込んだ。

「すまん。大丈夫か？」

「何よ！　やっぱり、わたしには見せられないものなのね！」

「そういうわけじゃないんだけど……」わたしは口籠（くちご）もった。「言葉ではうまく言えないんだが、なんだか君に見せると、よくないことが起こるような胸騒ぎがするんだ」

「どういうこと?!　そんなことでわたしを誤魔化せると思ってるんじゃないわよね！」

「すまん。やっぱり君には見せられない」

「もういいわよ！　わたし、ちょっと外出してくるわ！」妻はぷいっとあっちを向くと、そのまま支度をして、出ていってしまった。

妻のことは気掛かりだったが、後を追うようなことはせず、わたしは日記の続きを読み始めた。


「なにを見ているの？」

ぼくはとてもどきどきして何も言えませんでした。

「わたしの家をのぞいていたの？」

ぼくは首をふろうとしました。でも、りょう手ではさまれているので、うごかすことはできませんでした。

「ひとのおうちをのぞくのはよくないことよ」

ぼくはなんとかがんばってうなずきました。

「わかっているのなら、しちゃだめじゃない」まじょは少しおこったようなかおをしました。まゆ毛のあいだに、ちょっとしわがよりました。ぼくのおかあさんもよくしわがよります。でも、まじょはおかあさんよりずっときれいでした。

「おねえさんのおうちに入りたい？」まじょはやさしいこえで言いました。そして、ぼくのほっぺたから手をはなして、かたの上にのせました。

ぼくはあたまの中がぼうっとなってきました。まじょのかおを見ると、きらきらとしていました。

まじょはぼくの耳のところにくちびるをもってきました。そして、いきだけでしゃべりました。「ねえ。おねえさんのうちにくる？」

少しなまぐさいけれど、あたたかくてしめったいきがぼくの耳のあなに入ってきました。

「うん」ぼくはしらないあいだにへんじをしてしまいました。

まじょはぼくをだき上げました。

風がふいたような気がしました。気がつくと、ぼくはへやの中にいました。

へやの中には古いものがいっぱいありました。おぜんもざぶとんもほこりだらけで、ねずみ色になっていました。かべには赤いインキで字がいっぱい書いてあるかみがはってありました。ぜんぶで百まいぐらいはってありました。もっとたくさんだったかもしれません。あんまりたくさんはってあるので、まどがあるのかどうかはわかりませんでした。

まじょはぼくのよこにいました。そして、くんくんとぼくのあたまのにおいをかぎました。それからぼくをだきしめてからだをさすりました。

ぼくはまじょからにげようとしました。

「いとしい人」まじょはぼくのほっぺたにキスをしました。なまあたたかくて、べとべとしていました。くちびるは、ゆっくりと、のどの方にうごいていきました。

ぼくは、くすぐったいような、かゆいような、きもちがいいような、きもちわるいようなかんじになりました。ちょっとこわかったので、まじょを手でおしのけました。

まじょのからだはとてもやわらかかったです。

「やっぱりあなたはわたしからにげるのね！」まじょはとてもこわい目をしてさけびました。「いつだって、そうなのだわ！」

ぼくはこわくてこわくてしかたありませんでした。「おうちにかえらせてください」

ぼくはふるえながら言いました。

まじょはとてもこわい目でしばらくぼくを見下ろしていました。それから、こわい声で言いました。「いいわ。かえらせてあげる。……そのかわり、あしたもここへくるのよ」

ぼくはへんじをしませんでした。まじょの家にはもうきたくなかったからです。

「どうするの？　やくそくしなければ、二どとおうちにはかえさないわよ」

「わかった。あしたもくるよ。だから、かえして」ぼくはしかたなくまじょとやくそくしました。

まじょはぼくの手をつかむと、口のところにもっていきました。それから、ぼくのこゆびをかみました。ごりごりと音がしました。ものすごくいたくなりました。「わあ!!」

まじょは口をひらきました。ぼくのこゆびのねもとが少し切れていました。

まじょのかおを見ると、口のはしから血がたれて、白いむねの方にながれていきました。

「ゆび切りよ」まじょは言いました。

いったい、これはどうしたことだろう？　こんなことがあったなんて全然覚えていない。では、これは自分が書いたものではないのかというと、やはり自分が書いたものだとしか思えない。どこがどうとは言えないが、筆跡や文体に不思議な懐かしさがあるのだ。

わたしに何があったというのだろう？　魔女が実在したとなると、その行動はかなり奇妙なものだ。幼い子供をまるで恋人のように扱っている。わたしは魔女の行動が理解できず、うまく対処できなかったようだ。

だが、魔女のいいなりになっているわたしはやはり魔女に恋をしていたのではないだろうか？　具体的な記憶はないにも拘わらず、仄かな匂いのようなものが蘇ってくるような感覚はある。甘くて、せつない思い。

あれは初恋だったのだろうか？

気が付くと、わたしは外に出ていた。ノートを握り締め、何もかも真っ白になりそうな強い真夏の日差しの中、どこへともなく足を進めていた。

いや。行き先は決まっている。魔女の家だ。確かめなければならない。その場所が本当にあったのかを。そして、そこに何がいたのかを。

ノートに書かれている場所を示す言葉は非常に曖昧だったが、不思議なことにわたしにはそれがどこを指しているのかがすぐわかった。わたしは目的地に真っ直ぐに向かった。どのぐらいの時間がたったのだろう？　ほんの数分のような気もするし、何時間もたったような気もする。

もちろん、そんなに時間がたったわけはない。日は相変わらず、殆ど真上からわたしを焼き尽くそうとしていた。

汗が後から後から溢れて、目の中に流れ込んでくる。わたしは手の甲で拭った。

目の前にかつて建物であった残骸があった。

最初、火事でもあったのかと思ったが、焼け焦げた跡はなかった。ただ、老朽化が進み、自然に崩れた後、風雨に曝され、どんどん腐っていっただけらしい。残骸は数軒分の広さにわたっていた。

建物が朽ちるがままに放置されていたのには何か理由があるはずだ。そして、その理由は自分の過去に何か関係がある。そんな考えがどこからともなく、わたしの頭の中に生まれた。

わたしは首を振った。暑さのせいで突拍子もないことを思いついてしまったようだ。

わたしは残骸の中に足を踏み入れた。

屋根はすっかりなくなっている。黒く変色した柱のようなものが何本も立っているが、すべて傾き、上部は細く萎びていた。

本当にここだろうか？　わたしは体をぐるりと回し、周りを眺めた。すぐにそれは見付かった。変色して真っ黒になってはいたが、それが例の壁だということはすぐにわかった。わたしはゆっくりと壁に近付いた。そこにははずれ掛けたドアがあった。

日記に書いてあったような染みのような存在ではなかった。もっとも、子供の書いたことに正確さを過度に求めても仕方がないのだが。

ノブを引くとドアはぐらりと開いた。蝶番（ちょうつがい）は一つしか生き残っていないようだった。手を離してもドアはぎっ、ぎっと嫌な音を立ててしばらくゆらゆらと揺れた。

むっとする熱い臭気が噴出してくる。

わたしはなるべく息をしないようにして、部屋の中に上がり込んだ。

そこには幼いわたしが描写した通りの光景があった。

いや。そんなはずはない。偶然にもこの部屋が何十年間も放置されていたとして、壁に貼られた紙はすでに古びて変色しているはずだ。

わたしはドアを大きく開け放ち、紙の色を確認した。

紙の色は様々だった。あるところはすっかり古びて、茶色くなり、殆ど表面の字も消えかかっていたが、別の紙はまだ白くインクも鮮やかだった。色合いの違う紙が無秩序に貼られているため、壁には不愉快な斑（まだら）模様が現れていた。

これはいったいどうしたことだろう？　まるで、何十年も人が棲（す）み続け、紙を貼り続けていたかのようではないか。床の上には剥（は）がれた紙が散乱していた。ここの住民は剥がれた紙には全く無頓着（むとんちゃく）のようだった。

がさりと音がした。

わたしは反射的に部屋の隅を見た。紙屑(かみくず)に紛れて何かがいる。

わたしはよく見ようと近付いた。

髪の長い女が横たわっている。全身に壁から剝がれた紙が纏(まと)わり付いている。汗をかいているのか、女の体はしっとりと濡(ぬ)れていて、紙を吸いつけている。女の顔は紙と髪に隠れてよく見えない。

魔女だろうか？

女はわたしに気が付いたのか、半身を起こし何かを呟(つぶや)いた。それはただの挨拶(あいさつ)にも、不吉な呪いの言葉にも聞こえた。

わたしは後退(あとずさ)った。

女は胸に何かを抱いていた。それは子供だった。女の子か男の子かはわからない。

わたしは猛烈な吐き気に襲われ、その場に嘔吐(おうと)した。

馬鹿な。魔女は何十年もずっと同じことを繰り返してきたというのか。

わたしの踵(かかと)に何かが引っ掛かり、転倒してしまった。

魔女は四つん這(ば)いのまま、のろのろと近付き、わたしの体の上に腹ばいになろうとした。

わたしは無我夢中で逃げた。

ぼくは毎日まじょの家に行くことになりました。まじょとゆび切りをしたから仕方がないのです。

ぼくが行くといつも、まじょはちゅうちゅうとすいます。ぼくはじっとしています。そして、おわったあと、しばらくぼくをだきしめてじっとします。それから、ぼくのゆびをかんで、「もうかえってもいい。あしたまたきなさい」と言います。

ずっとそんなかんじでした。

あんまり毎日きているので、だんだんまじょの家がじぶんの家のようなかんじになってきました。

ぼくはあたまがぼうっとして、なにもかんがえられなくなるときがあります。どこにいるのか、今がいつなのか、じぶんがだれなのか？　そんなことまでがぼやけて、そしてどうでもよくなっていくかんじです。

きっと、まじょがぼくにまほうをかけているのです。

ぼくはずっとここにいることにしました。


気が付くと、わたしは家に戻っていた。全身汗でびっしょりと濡れていた。

「いったい何があったの？　真っ青な顔をして戻ってきたと思ったら、じっと黙りこくって」妻が心配そうに言った。

「僕は……」わたしは頭を振った。「いつ帰ってきた？」

「あなた、大丈夫？」

「ああ。大丈夫だ。僕はいつ帰ってきた？　教えてくれないか」

「そうね。もう三十分はたつかしら。具合が悪いのだったら、お医者様に……」

「大丈夫だよ。炎天下に外に出掛けたりしたから、軽い日射病になったんだ」

「本当に大丈夫？」

「ああ。しばらく横になっていたら、よくなると思う。……悪いけど、しばらく独りにしておいてくれないか？」

妻は何も言わず、部屋から出ていった。

とにかく頭を整理するんだ。

あの部屋にいた女は魔女だったのだろうか？　常識的に考えて、そんなことはあり得ない。だが……。

あれから……わたしがあの女の虜になって、あの部屋に入り浸っていた頃から、何年がたったのだろう？

どうしたことか年号が思い出せなかった。いろいろな数字が頭の中を過る。

自分の年齢を使えばいい。だが、あの時、わたしは何歳だったのだろう？　見当もつかない。まあいい、仮に十歳だったとしよう。今の年齢は……。

自分の年がわからない。

わたしはぞっとした。強い日差しで本当に脳がどうにかなってしまったのだろうか？　いや。違う。わたしの潜在意識が拒否しているのだ。何か重要なことを思い出さないために、必死で抵抗をしている。

今日まで魔女のことを忘れていたのも偶然ではない。思い出してはいけないことがあったから、忘れたのだ。それが、このノートを見付けたことで、意識に上ろうとしている。それをもう一度忘れるために、わたしの潜在意識は記憶システムそのものを壊そうとしているのだ。

それほどまでに忘れなくてはならないものとは、いったい何なんだろう。

思い出すことは、苦痛を伴うだろう。しかし、どうしても思い出さなくてはならないことのように思えた。それがどんなに辛いことでも。

方法は二つある。一つはこのノートを最後まで読み終え過去と向き合うこと。もう一つはあの魔女の家をもう一度訪れ現実と対峙することだ。

ノートはまだ手に持っている。わたしはそれを開けようとした。ごくりと唾を飲み下す。

駄目だ。恐ろしい。

ならば、自力で思い出すんだ。あの後、何があった？　わたしはどうやって、魔女から逃れることができたのか？

わたしは脂汗を流しながら、記憶を探った。だが、何も浮かんではこなかった。

では、逆転の発想だ。覚えているところから逆に遡って思い出そう。それなら無理なく記憶を引き出せるような気がする。結婚生活、就職、学校生活、恋愛、すべてを遡って思い出すのだ。

頭の中が白くなった。

こんなはずはない。何も覚えていないなんて。わたしはどこに勤めて何の仕事をしているのだ？　家の住所は？　どこの学校を卒業した？　思い出せるのは小学校の名前だけ。妻とはどこで知り合ったのか？　結婚したのは何年前？

妻の名前は？

あの時のことだけが思い出せないのではなかったのだ。あの時以降にあったことすべてが思い出せないのだ。わたしの人生はどこに消えてしまったのか？

わたしは思わず妻を呼ぼうとした。

が、慌てて自分の口を塞いだ。

なぜ、彼女が妻だとわかるのだ？　もちろん、一緒に暮らしているからだ。本当に？　ただ、そう思っているだけなのではないだろうか？　そう考えてみると、すべてが疑わしくなってくる。わたしは完全な記憶喪失になったのだろうか？　何も思い出せないのか？　いいや。そんなことはない。少なくとも、自分の名前は覚えている。そして、両親の名前も家の場所も……。

いやいや。あれは子供の頃、住んでいた家だ。この家ではない。あと場所を覚えているのは、小学校と……。

魔女の家。

何かが頭の中で繋（つな）がり始めた。

魔女は少年だったわたしに一緒に暮らすように魔法をかけた。魔法にかかったわたしは魔女と暮らし始めたのだ。そして……。

そんな馬鹿なことはあり得ないはずだった。しかし、すべてが符合する。

はっきりさせなくては。

わたしは妻を呼んだ。だが、返事はなかった。

また、外に出ていったらしい。妻は何のために外出するのか？　妻は仕事をしているのか？　それとも買い物か？

魔女の顔を思い出して、妻と比較しようとした。だが、魔女の顔を思い出すことはできなかった。それどころか、今会ったばかりだというのに、妻の顔も声も覚えていないことに気が付いた。

やはり、魔法で記憶が封印されているのだ。しかし、なぜ今になってそれが解けたのだろう？

わたしは手の中の日記に気づいた。これだ。これを読んだことによって、記憶が蘇ろうとしているのだ。そう言えば、この日記を見付けた切っ掛けはなんだったのだろう？　それもまた、思い出すことはできなかった。つまり、覚えているのは、今日この日記を読み始めて以降のことだけなのだ。それなのに、今の今までそれに気が付かなかった。わたしは魔女に魔法をかけられ、魔女と暮らしてきたのだ。

またもや、吐き気に襲われた。

なんとかしなくては。とにかく逃げるんだ。妻が帰ってこないうちに。

いつしか、わたしはあの魔女の家の前に佇んでいた。

わたしはノートを握り締めた。

わかったよ。彼女と対決しろと言うんだな。

わたしはドアを開けた。女が子供を抱き締めて紙屑の中に横たわっている。

「起きろ」わたしは喉から声を搾り出した。「その子を解放するんだ」

魔女の顔は髪に隠れてよく見えない。ただ、赤い目だけがわたしを睨んでいた。

なぜ、わたしの邪魔をするの、あなた？

「おまえにあなた呼ばわりされる筋合いはない。僕は魔法をかけられ、騙されていたんだ。おまえは外出すると言っては、いつもここに来ていたんだな」

魔女は笑った。

何を言ってるの？　ここはここじゃないの。ここはわたしたちのうちよ。あなたとわたしはずっとここに棲んでいるのよ。

風景が歪んだ。

そうだ。ここだ。ここはわたしのうちだ。わたしはここに住んでいた。そして、ここでノートを見付け……。

待てよ。それじゃあ。

「その子は誰だ？」

あなた、何を言ってるの？　この子のことはあなたが一番よく知っているじゃないの。

どういうことだ？　まさか、わたしの子？　魔女との間の？　わたしの膝はがくがくと震えた。

これはあなたよ。

魔女は子供の顔をわたしに見せた。それはわたしだった。

その瞬間、すべてが理解できた。ここで何があったのか。そして、自分の使命が何かということも。

わたしは魔女を殴った。そして、子供を抱き起こした。「さあ、起きるんだ。そして、魔法を解くんだ。君の人生はこれから始まる」

　子供は薄目を開けた。「おじさん、僕眠いよ。気持ちがいいから、ずっとここにいる」

　魔女はけたたましく笑った。

　何もかもが無駄だったわね。

「そんなはずはない。本当は君はここから出たいと思っている。だからこそ、君はこの日記を書いたんだろ」わたしは日記を少年の顔の前に翳(かざ)した。

　畜生！　わたしの目を盗んでそんなものを！

　魔女はわたしの手から日記を引っ手繰(たく)ろうとした。

　わたしは魔女の腹を蹴(け)り付け、日記と少年を守った。

　少年は何とか目を開き、わたしが手渡したノートを握り締めた。

　待って。わたしをほうっていかないで。

　魔女は手を差し伸べた。

　少年はゆっくりと首を振ると、部屋から外へと出ていった。

　魔女は少年を追って、部屋から出ようとした。

　わたしは魔女を押さえ付けた。「あの子を行かせるんだ。あの子の人生はもうおまえのものではない。おまえは僕とここで暮らせばいい。思い出だけと」

いやよ。こんなのって、ずるいわ。わたしに隠れてこっそりこんなことを企んでいたなんて！

わたしの体はゆっくりと夕日の中に溶け始めた。

おじさんがとけてしまうまえに、ぼくはおおいそぎで、まじょの家からにげだしました。ついにやりました。ぼくはなんとかじぶんの力でまほうをといたのです。

ずるいずるい。おまえをしぬまで、のろってやる、というまじょのこえがきこえてきました。

ぼくはためいきをついて、そして、こう言いました。

しかたがないじゃないか。さいしょにまほうをつかったのは、そっちのほうなんだから。

お祖父(じい)ちゃんの絵

おやおや、舞ちゃん、こんなとこにいたのかい。姿が見えないもんだから、お祖母ちゃん、心配しちゃったよ。

地下室には一度も連れてきたことがなかったのに、よく一人で来れたね。いったい、いつからここに来ることを覚えたんだい？

そうかい。この前、遊びに来た時が最初だったんだね。

この絵が好きだって？　この絵はね、お祖母ちゃんの一番のお気に入りなんだよ。とても大きいだろ、ほとんど壁と同じぐらいの大きさだろ。

ははは。当たり前だね。これは壁画だもの。舞ちゃんがまだ生まれていない頃、それどころか、お母さんも生まれていない時、お祖母ちゃんが描いた絵なんだよ。

ああ、天窓は小さ過ぎて、あまり光が入って来ないから、細かいところがよく見えないね。

そんなことはないって？　舞ちゃん、お祖母ちゃんの言うことには逆らっちゃいけないよ。今、電灯のスイッチを入れるからね。

ほら、きれいに見えるようになった。本当にきれいな絵だね。お祖母ちゃんは自分で描いたんだけども、いつもここに来るたびに、つい見とれてしまうんだよ。なんだか、変ね。でも、舞ちゃんもきれいだと思ってくれるんだね。

一度、見始めるとずっと見ていたくなるって？

そうだよ。お祖母ちゃんもこの絵を見出すと、時の立つことも忘れてしまって、朝、ここに来たはずなのに、気が付いたら真夜中だったってことが何度もあったんだよ。

この絵は本当に不思議な絵なんだよ。今でも、お祖母ちゃんは不思議で不思議でしようがない時があるもの。

この絵はねぇ、お祖父ちゃんなんだよ。

舞ちゃん、この絵をよく見てごらん。大勢の人が描いてあるだろ。気を付ければ、同じ人が何人もいることがわかるはずだよ。

いやいや。双子や三つ子というわけではないんだよ。この絵は物語になっているんだ。だから、同じ人があちこちに描いてある。漫画なんかでも、同じページに同じ人の絵がいくつもあるだろ。あれと一緒なんだよ。ただ、この絵には枠線はないけれど。

この絵は水墨画のように一色で描いてあるのに、じっと見ていると色が見えてくるだろ。描いたお祖母ちゃんでさえ、どうしてそんなことになるのか、わからないよ。

えっ？　水墨画を知らないって？　ふふふ。

この男の人を見てごらん。あちらこちらに出て来るだろ。この人がお祖父ちゃんなんだよ。

ああ、舞ちゃんはお祖父ちゃんを知らなかったね。当たり前だよ。舞ちゃんが生まれた頃にはもうお祖父ちゃんはいなかったんだから。写真一枚、残っていない。だから、お祖父ちゃんの思い出はこの絵しかないんだよ。

お祖父ちゃんはきれいで立派な姿をしているねぇ。見とれちゃうね。

これはお祖父ちゃんじゃなくて、お兄ちゃんの絵じゃないかって？

ははは。舞ちゃん、お祖父ちゃんは生まれつき、年寄りだと思ってるんだね。あのね、舞ちゃん、お祖母ちゃんだって、大昔は若かったんだよ。その証拠にここにいる女の子がお祖母ちゃんなんだよ。

そうだよ。この絵はお祖父ちゃんとお祖母ちゃんの物語になっているんだよ。二人の出会いから始まる物語。

この絵を描いて、本当によかったと思うよ。今でも、この絵を見るとあの時のことが色鮮やかに蘇(よみがえ)ってくる。見たものだけじゃなく、音や匂いまで、ありありと浮かんでくるんだよ。もう、幻を見ているのじゃないかと思うぐらいだよ。

お祖父ちゃんと出会った頃、お祖母ちゃんは一人ぼっちだった。お祖母ちゃんのお父さんとお母さん──つまり、舞ちゃんの曾(ひい)お祖父ちゃんと曾お祖母ちゃんは少し前に死んでしまってたんだ。

二人とも、お祖母ちゃんのことをとっても気にかけていたよ。なぜって、もうその時にはお祖母ちゃんはお嫁さんになるには少し年をとり過ぎていたと思ってたからなんだ。もちろん、そう思っていたのは曾お祖父ちゃんと曾お祖母ちゃんだけで、お祖母ちゃんはそんなことは全然気にしていなかった。

お祖母ちゃんにはわかっていたんだよ。いつか、素晴らしい人が目の前に現れることがね。でも、二人はいくらそう言っても取り合ってくれはしなかった。

この家は何百年も続いた名家なのだから、おまえには是非とも跡をついでくれるよい婿をとってくれなければ困る。そんなことばかり毎日聞かされていたっけ。

毎月ごとにお見合い話を持ってきたけれども、お祖母ちゃんは全部断わった。時には無理やり、お見合いの席に連れていかれることもあったけれど、わざと相手に嫌われるようなことをしてやった。料理を手摑み(てづか)で食べたり、相手に投げ付けたり、突然大声で歌い出したり。

そんなことをしているうちに、見合い話はぷっつりと来なくなった。

曾お祖母ちゃんと曾お祖父ちゃんが諦(あきら)めたわけじゃない。二人は相変わらず、あっちこっち、よい縁を探し続けていたんだけれど、みんなお祖母ちゃんに恐れをなして、逃げ出してしまったのさ。

やがて、曾お祖父ちゃんと曾お祖母ちゃんは結婚のことは言わないようになった。

その話が出るたびにお祖母ちゃんが不機嫌になって、わざと二人を困らせるようなことをするのがわかっていたからだろうね。

でも、目を見ていれば、二人の心の中は手にとるようにわかったよ。

無言で責め続けるんだ。

はっきり、言葉で言ってもらった方がどれほどすっきりしただろう。お祖母ちゃんは二人が何も言わなくても、目の光から心を読んで、癇癪を起こすことも多かった。だから、二人があっけなく、死んでしまった時、もちろん悲しみもあったけれど、それよりも言い様のない解放感を感じて、お祖母ちゃんの心はとても楽になった。

この絵の右上のところを見てごらん。縮こまった二人の老人が寝ているだろう。茶色くて汚らしいねぇ。そして、その横に潑溂として、ドアから外に出ていく女の子がいるだろう。

この縮こまった二人が死んでいる曾お祖父ちゃんと曾お祖母ちゃんさ。女の子はお祖母ちゃんだよ。もちろん、その時には本当はもう女の子とは言えなかったかもしれないけれどね。それでも、お祖母ちゃんの魂は少女のように躍っていたし、外見だってとても若く見えていたはずだよ。

お祖母ちゃんはお仕事はしていなかった。おうちがとてもお金持ちだったし、曾お祖父ちゃんは若いうちにお祖母ちゃんを結婚させてしまうつもりだったから、就職させる気はなかったんだよ。それにお祖母ちゃんも人に言われるがままに働くのは大嫌いだったし。

お祖母ちゃんは絵を描くのが好きだったんだよ。だから、美術の学校に進みたかったんだけれど、曾お祖父ちゃんは許してくれなかった。

才能は充分あったのに！　この絵がそれを証明してくれている！　わたしは画家になるはずだった！　あの狂った老人がわたしの才能を摘み取ろうとした！　わたしの人生を踏みにじった！　あんたを絶対に許さない!!

……ああ、ごめんよ、舞ちゃん。怖がらなくてもいいんだよ。舞ちゃんのことを怒ったのではないんだよ。この絵を見ているとつい心が昔に戻って目の前に曾お祖父ちゃんがいるような気がしてしまったんだよ。年のせいか、こんなことが多くなってきたねぇ。

ええと、どこまで話したかね？　そうそう。曾お祖父ちゃんと曾お祖母ちゃんが死んだとこまでだったね。

お祖母ちゃんが子供の頃は大勢の使用人がいたんだけれど、お祖母ちゃんが大人になる頃までには、一人また一人とやめていったんだ。理由はよくわからない。まあ、あんまり感じのいい人たちじゃなかったから、かえってよかったぐらいだけれどね。

人付き合いは好きじゃなかったから、親戚とも、あっと言う間に疎遠になってしまった。近所と言っても田舎のことだから、歩いて何分もかかる。

二人が死んだ後、お祖母ちゃんは広いこの家に一人ぼっちになってしまった。

お金はたくさんあったので、生活には困らなかった。そのことについてだけは曾お祖父ちゃんに感謝してもいいと思ったもんだよ。

お祖母ちゃんは自由になったので、これからはずっと好きな絵を描いて暮らそうと思ったんだ。でも、いざ描こうとすると、いっこうに手が動かない。

そんなはずはない。わたしには才能があるはずだ。子供の頃はあんなにうまく描けたじゃないの。そうだ。子供の頃の絵を探して見てみよう。

お祖母ちゃんは家中探し回った。でも、曾お祖父ちゃんも曾お祖母ちゃんも使用人たちもみんながみんな口を揃えて、うまい、上手だと褒めてくれた絵は一枚も見つからなかった。きっと、曾お祖父ちゃんが嫌がらせで捨ててしまったんだろうねぇ。もう一度、見てみたいもんだよ。

さんざん探し回った後、疲れ果てて、呆然としている時、ふいにとてもいい考えがお祖母ちゃんの頭の中に飛び込んで来たんだ。

絵が描けないのは自分のせいじゃない。描くべき対象がないんだ。いいモデルさえいれば、絵なんかいくらだって描けるはずだ。

その日から、お祖母ちゃんはスケッチブックを持って、村中を歩き回ったんだ。肩に提げた鞄の中にはいろいろな色の色鉛筆が入っていた。

まるで臆病な野良犬のように、きょろきょろと周囲を見回しているものだから、村内の者たちはお祖母ちゃんを不審がって、道で会っても避けるようになってきた。もちろん、そんなことは全然気にならなかったけれどね。

遊んでいる子供たちを呼び止めて描いていたんだけど、やっぱり、うまく描けなかった。描き始めはなんとかなりそうな気がするんだけれど、描き進むうちに少しずつ何かが歪んでくる。それを修正しようとして描き込むとますます子供の顔はお化けじみたものになってしまう。

お祖母ちゃんがてこずっていると、モデルたちは無性に絵を見たくなるらしくって、たいていの子はこっそり覗き込もうとしたもんだよ。

てっきり、自分の顔があると思っているのに、お化けの顔を発見した子供たちはほとんどが驚きの声を上げた。

その次の反応はいろいろだったね。

恐怖で泣き出す者。怒り出す者。笑い出す者。からかい出す者。無言になる者。逃げ出す者。

どれも、とてもお祖母ちゃんを苛立たせた。思わず、スケッチブックで殴ってしまったこともあった。

そんなこんなで、子供たちはお祖母ちゃんに近寄らなくなってしまった。親が言い聞かせているのか、子供たちの間での噂になっていたか、どっちかだと思うよ。子供たちは道端でわたしに出会うと、さっとすぐには手の届かないところまで走って、何か不愉快な言葉を叫んで逃げていくようになった。

魔女か何かだと思ってたらしい。

それでも、お祖母ちゃんは諦めずに毎日、モデルを探し続けた。自分の運命を信じていたからだよ。

そして、その日がやってきた。

うだるような暑さの中、お祖母ちゃんは朦朧となって、それでも何かに憑かれたように道を進んでいた。

すると、反対側から、見掛けない人影が歩いて来るのが目に入った。

ここだよ。この絵の下のところ。きれいな男の子が歩いて来るのがわかるだろ。男の子と言っても子供じゃないよ。かと言って、完全に大人になっていたわけでもない。お祖母ちゃんはすっかりその男の子に見とれてしまったんだ。

男の子の方もお祖母ちゃんの方を見ていた。もちろん、直接じろじろ見ていたわけじゃないよ。瞳はまっすぐ前を向いていたけれど、視線は目の端のお祖母ちゃんの方をしっかりと向いていたんだ。そういうことはお祖母ちゃん、とってもよくわかるんだ。

見つめ合った二人が擦れ違おうとした時、運命の神様がちょっとした悪戯(いたずら)をしてくれたんだ。

色鉛筆を詰め込んでいた、鞄の肩紐(かたひも)がぷっつりと切れてしまったんだよ。毎日毎日、肩から提げて、日長一日、歩き回っていたもんだから、揺れるたびに肩とこすれて、すっかり磨(す)り減ってしまっていたんだろうね。

色鉛筆は全部、ばらばらと二人の足元に落ちていった。ほら、絵の中にも色鉛筆がいっぱい零(こぼ)れているだろう。ああ、色がないから、ただの鉛筆みたいに見えるね。ここがちょっと残念だよ。

お祖母ちゃんは悲鳴を上げて、慌てて拾い集めようとしたんだ。色鉛筆は画家になるために大事なものだったし、きれいな男の子の前でそんな失敗をするのはとても恥ずかしかったからね。

ところが、どうだろう。その男の子もお祖母ちゃんといっしょになって、色鉛筆を拾い集めだしたんだよ。

大丈夫ですか？　僕の体が鞄に触ってしまったのかもしれませんね、と男の子は優しく声をかけてくれた。

お祖母ちゃんはとても嬉(うれ)しくなったけれど、嬉しくなり過ぎて何も言えなくなった。

せっかく、拾ってくれた男の子の手から、鉛筆をひったくるようにもぎ取ると、めちゃくちゃに鞄に詰め込んで、足早に逃げてしまった。

その日は午後のモデル探しは取り止めにして、屋敷に帰ることにした。

家に帰っても、お祖母ちゃんの頭の中は今日道端で会った男の子のことでいっぱいだった。

あの子はずっと悟られないように、こちらの様子を窺っていたし、鉛筆を落としたのをチャンスとばかりに声をかけてきた。わたしを意識していることは間違いない。

思い切って声をかけてみようかしら？　でも、女の方から声をかけたりするのは、はしたないかしら？

お祖母ちゃんには相談できる相手は誰もいなかったから、一人で思い悩むしかなかったんだよ。

次の日もお祖母ちゃんは村中を歩き回ったけれど、その目的は前とは違っていたの。そう。あの男の子を探すために歩いていたんだ。

必死になればなんでもできるもんで、その日の内にまた男の子を見つけだすことができた。

きっと、両親だろうと思われる年配の男女と何か楽しそうに話しながら歩いていた。

ほら、この絵の左上のところ。草むらから、女の子が覗いているのがわかるだろ。

その前に歩いているのが、男の子とその両親だよ。

何？　女の子が獣のように見えるって？　ははは。失礼なこと。この女の子はお祖母ちゃんなんだよ。でも、そう言われれば、目が光っているようにも見えるね。不思議だね。ああ、それから、この草むらは枯れ草のように見えるけれど、本当は緑色をしていたんだよ。

田舎道なので、身を隠すものはほとんどなかったけれど、お祖母ちゃんは草むらを這いずるようにして、三人の後をつけて、どこの家に入るかをつき止めた。

そんな家族が村に住んでいたなんて、その時まで全然知らなかったので、買い物のついでに近所の店の人にそれとなく聞き出してみた。

普段、お祖母ちゃんは買い物する時でも一言も喋ったことがなかったから、どの店の人も——店といっても、万屋が何軒かあるだけだったけれど——最初は不思議そうな顔をした。

きっと、わたしの悪い噂が広まっているんだわ。

その時までは人にどう思われようと平気で自由に振る舞ってきたけれど、この時はさすがに後悔したね。簡単なこと一つ聞き出すのに苦労するし、その悪い噂が男の子の耳にでも入ったら、目も当てられない。

しかし、そんなことでくよくよしていても始まらない。お祖母ちゃんはそれからはできるだけ愛想よく振る舞うことにし、モデル探しもやめてしまった。最初は疑り深く接していた村の人たちも二週間もすると、少しずつ気を許し出した。ひひひ。単純な連中だね。

お祖母ちゃんが見た家族はこの村に住んでいたのではなかった。ちょうど、今舞ちゃんたちがここに遊びに来ているように、親元に帰ってきているということだったんだよ。それから、男の子の両親は一足先に都会に帰ってしまって、今は老夫婦の元に孫——つまり、男の子——だけが残っているということも教えてもらった。

お祖母ちゃんは焦った。だって、あの男の子がこの村にいるのは高々夏休みが終わるまでのはずだから、それまでに言葉を交わしておかなければ、来年の夏まで会うチャンスはなくなってしまう。いや、ひょっとしたら、もう来年からはここにやって来ないかもしれない。

お祖母ちゃんは絶対、夏の間に男の子と知り合いになろうと決心をした。

朝早くから、絵の道具を持って、男の子の家の前に行った。

朝の間に年寄りの女が一度外に出て、また中に戻った。それからは誰も出てこなくなった。時間はどんどんたち、昼を過ぎてしまった。回りには大きな木もなく、太陽はほとんど真上から照り付けるので、目の届く範囲には身を隠せるような日陰は一つもなかった。汗が滝のように溢れて、お祖母ちゃんの服は川に落ちたかのようにぐっしょりと濡れてしまった。頭の毛は火傷しそうなぐらいに熱くなって、気のせいか焦げ臭い匂いまでするような気がしたよ。

少しの間だけでも涼しいところで休みたかったけれど、その少しの間に男の子が家を出てしまったらと思うとそんなことはできなかった。

この絵の真ん中より少し下のところに家の前で立っている女の子がいるだろう。足元の塊は影じゃないよ。あの時太陽は真上だったんで、影はほとんどできなかった。これはお祖母ちゃんが流した汗の水溜まりさ。

太陽は少しずつ傾き出したけれど、温度の方は逆にどんどん上がり始めた。不思議なことに汗が引いてきた。汗だけじゃない。口の中も鼻の中も目玉でさえ、からからになってきた。

遠くの山も近くの家も景色の中のものはみんな歪み出した。ぐにゃぐにゃと蛇のようにのたくっていた。ゆっくりとした地震が起きて、お祖母ちゃんは止まりかけた独楽の心棒のようにぐらりぐらりと回ってしまった。

大丈夫ですか？

お祖母ちゃんはさわやかな声を聞いた。

気が付くと、地面に手をついていたんだ。

ご気分でも悪いんですか？

見上げても逆光で顔はよく見えなかった。でも、その声を忘れるはずがなかった。

いえ。平気です。ちょっと立ち暗みがしただけなんです。

お祖母ちゃんはなんとかそれだけ答えた。

よかったら、僕のうちで休んでください。この前の家です。

いえいえ。とんでもない。ご迷惑はかけられません。

こんな汗だくで男の子の家にいくわけにはいかない。自分でもにおいで吐きそうだ。

お祖母ちゃんは自力で立ち上がろうとしたけれども、汗の水溜まりに足元が滑って尻餅(しりもち)をついてしまった。

男の子はさっと手を出して、お祖母ちゃんを助け起こしてくれた。

この絵だよ。ああ、なんてロマンチックな情景だろうねぇ。二人の瞳(ひとみ)はしっかりと互いを捕らえているだろう。この時は熱さも痛みもなんにも感じなかったよ。

やっぱり、うちで休まれてはどうですか？

男の子はそう言ったけれども、お祖母ちゃんは丁寧に断った。そして、自分の名前と家の場所を教えて、助けてくれたお礼に絵を描かせてくれないかと頼んだんだよ。

男の子は、へえ、絵を描かれるんですか。是非とも描いてください。お願いしますよ、と言って、名前を名乗ってくれた。そして、うちの祖父母も絵が好きなので喜ぶと思います、と続けた。

お祖母ちゃんは、できればご家族にはおっしゃらないようにしてください。こんなことを言っては失礼ですが……。実は、わたしには家族はおりません。何もなくてもこんな田舎では女の一人暮らしは何かと噂の種にされます。ましてや、都会から来られた若い学生さんと会っていることなどが知られますと、大変なことになってしまいます、と答えた。

本当はお祖母ちゃんは男の子に自分の悪い噂を聞かれるのが怖かったんだよ。名前を聞いた時の反応からして、今はまだ何も聞いていないようだったけれど、祖父母に聞けば、ああ、その女は有名だぞ、と吹き込まれるかもしれない。もし、祖父母もまだ噂を知らなかったとしても、若い孫が年上の女と会うと知ったら村の連中にわたしのことをあれこれ詮索するかもしれない。それだけはどうしても避けたかった。なぜなら、お祖母ちゃんははっきりとその男の子が運命の人だとわかったからだよ。手と手が繋がった時、電気が全身を駆け抜けた感覚は今でもはっきりと覚えてる。

じゃあ、どうしましょう？　僕の方から訪ねていっていいんでしょうか？

そう願います。明日はいかがでしょうか？

明日は行けます。

何時頃がいいでしょうか？

何時でも、僕はあなたの都合がいい時間で結構です。

では、二時頃、お訪ねください。

それだけ言うと、お祖母ちゃんはまだふらつく足で小走りに家に向かったんだ。なんだか急に恥ずかしくなってしまってね。人付き合いが大嫌いで、その年になるまで、まともに人と話したこともなかったのに、初めて会った男性を家に招くだなんて、なんて大胆なことをしたんだろうって、自分でも驚いてしまったよ。

その男の子こそが、舞ちゃん、おまえのお祖父ちゃんだったんだよ。

家に帰ってからが大変だった。なにしろ、曾お祖父ちゃんと曾お祖母ちゃんが死んでからというもの、全然掃除をしていなかったんだからね。まだ眩暈と吐き気が酷かったけれど、背に腹は代えられない。その日の晩は徹夜で屋敷中を掃除しまくったよ。廊下の埃は泥のようにこびりついているし、台所の食器は死んだ猫のような臭いがしているし、和室の畳は真っ黒でべたべたしていた。

普段、お祖母ちゃんは和室を使っていたんだけれど、畳だけは拭いてもどうにもならなかったので、お祖父ちゃんを通すのは洋室にしようと決めた。

この家には洋室がいくつかあるだろ。曾お祖父ちゃんの書斎とか、応接室とか、ピアノの部屋とか。その中には全然使っていない部屋があったので、それをその日からアトリエにすることに決めたんだよ。

午前中にアトリエに絵の道具を運び込んだ。机は自分の部屋にあった勉強机をそのまま使うことにした。スケッチブックと色鉛筆はいつも使っているものだ。

それから、何年も前に親戚からプレゼントされたキャンバスとキャンバス台と油絵の具と筆。これらはもらってすぐしまい込んであったので探すのに苦労したよ。すっかり埃を被っていた。ただちょっと心配だったのはお祖母ちゃんは正式に絵をならったわけじゃないから、正式な絵の描き方や道具の使い方を知らなかったことだった。もちろん、お祖母ちゃんは自分の才能には気が付いていたから、少しぐらい基本からはずれていても、そこいらの画家よりもずっと立派な絵が描けることはわかっていたよ。でも、もしお祖父ちゃんが絵のことを知っていたとしたら、お祖母ちゃんが絵に詳しくないことがばれてしまう。お祖父ちゃんの祖父母が絵を好むということも気になる。

そんなことを悩んでいる間に約束の時間になってしまった。お祖母ちゃんはズボンをスカートに穿きかえた。

やって来たお祖父ちゃんは正装こそしていなかったけれど、きちんとした礼儀正しい態度だった。野山のスケッチをすると言って出てきたそうで、手にはお祖母ちゃんのよりも高価そうなスケッチブックを持っていた。

お祖母ちゃんはお祖父ちゃんをなるべく汚い部屋の近くを通らないようにして、応接室に案内した。ちょっとしたお菓子とお茶を用意していたんだ。

だいたい一時間ぐらいだったかしら、お祖父ちゃんとお祖母ちゃんは互いの家族のことや好きな本のことなどを話し合った。それでもうすっかり打ち解けてしまったんだよ。とても気の合うこともわかったし、口にこそ出さなかったけれど、あの時お祖父ちゃんは結婚することを決心していたんだよ。

話は尽きなかった。でも、いつまでもそうしているわけにはいかない。お祖母ちゃんはお祖父ちゃんの絵を描くと約束していたんだからね。応接室を出ると今度はお祖父ちゃんをアトリエに案内した。

絵描きさんのアトリエって、思ってたよりもすっきりしているんですね、とお祖父ちゃんは部屋の中を一目見て言った。

他の画家のアトリエを見たことがあるの、とお祖母ちゃんは内心の動揺を隠して言った。

いいえ。ただ、映画とか小説だとかで勝手に頭の中にイメージを作ってただけです、とお祖父ちゃんは恥ずかしそうに答えた。

あら、そうなの？　でも、本当にこのアトリエはさっぱりしている方かもしれないわよ。きっと、わたしの性格を反映しているのね、とお祖母ちゃんは微笑みかけた。

モデルってどうしていればいいんですか？　じっと、固まっていなくちゃいけないんですか、とお祖父ちゃんは少しだけ不安そうに尋ねた。

ううん。ちょっとぐらい動いたって大丈夫よ。

よかった。僕じっと立っていると、立ち暗みを起こすことがあるんです。もっと、運動した方がいいのかな、とお祖父ちゃんは少し気落ちした雰囲気で言った。

そんな心配することなんかないわ。わたしだって、昨日、眩暈を起こしてたでしょ。誰だって、立ちっぱなしでいたら、気分が悪くなるのは当たり前だわ、とお祖母ちゃんは励ますように言った。

立ちっぱなし？　昨日は僕の家の前に長い時間立ってたんですか？

いいえ。そうじゃないのよ。立ちっぱなしっていうのはわたしのことじゃないの。あなたがモデルで立ちっぱなしになることを言ってたの、とお祖母ちゃんはごまかしにもならないことを言った。

そうそう。隣の部屋に椅子があったはずだわ。ちょっと待っててね、とお祖母ちゃんは悪戯っぽく笑ってアトリエを出た。

　重たい椅子だったので、本当はお祖父ちゃんに手伝ってもらいたかったんだけど、物置の中は蜘蛛の巣だらけでとても見せられたものじゃなかったんだよ。もうそれは酷いもので、空気よりも蜘蛛の巣の方が多いぐらいだった。

　蜘蛛の糸がからんで繭のような椅子を漸く引っ張り出した後、竹箒で、蜘蛛の巣と座った人が埋もれそうな埃を払うのに、たっぷり五分はかかってしまった。さすがにお祖父ちゃんも痺(しび)れをきらしたのか、心配になったのか、ドアを開けて出てきてしまったよ。

あ、すみません。気が付かなくて、手伝いましょうか、とお祖父ちゃんは親切に言ってくれた。

あら、ごめんなさい。簡単に運べると思ってたんだけど。

お祖父ちゃんは椅子に手をかけた。

うわ!!

お祖父ちゃんは物凄(ものすご)い悲鳴を上げた。

どうかしたの、とお祖母ちゃんは問い掛けた。

く、蜘蛛です。椅子の裏側に蜘蛛がいたんです。僕の手を伝って逃げていった。

お祖父ちゃんの手にはべっとりと蜘蛛の糸が絡まっていた。よく見ると可愛らしい子蜘蛛がびっしりと糸に張り付いていて、もぞもぞと蠢(うごめ)いてたよ。

お祖父ちゃんもそれに気が付いたようだったけど、今度は悲鳴も出なかった。ふらふらとその場にしゃがみ込んでしまった。

あら、大丈夫ですの、お祖母ちゃんは優しく尋ねた。

すみません。本当にすみません。僕、男のくせにだめなんです。蜘蛛も蛇も。

あらあら。おかしい。でも、いつまでもしゃがんでては余計に疲れるわ。どうぞ、この椅子にお座りなさい。

お祖父ちゃんは言われるがままに一旦椅子に腰をおろしたけれど、次の瞬間弾かれたように椅子から飛び上がった。そして、そのまま勢い余って前のめりに倒れてしまったんだよ。

今度はどうしたの？

お祖父ちゃんは黙ってズボンのお尻にくっついている拳ほどもある潰れた蜘蛛を指差した。

おやおや。今日は災難続きね。ズボンも穿きかえなきゃならないし、今日はこれでおしまいにして、また明日来ていただくというのはどうかしら？

お祖父ちゃんにはかわいそうだったけど、お祖母ちゃんは少し嬉しかった。もし、その日の内に絵が完成してしまったら、会うための口実がなくなってしまう。でも、絵を描くのを次の日に延ばせば、またお菓子を食べながらのお喋りからやり直すことができるものね。

じゃあ、そうさせてもらいます。今日は本当にすみませんでした。ごちそうしていただいただけで、何の手助けにもなりませんでした、と言うとお祖父ちゃんは気落ちした様子で帰っていった。

お祖父ちゃんを見送ったら、なんだか、ふっと力が抜けてそのまま、玄関に座り込んでしまった。考えてみたら、その前の日にお祖父ちゃんの家の前で倒れたのは、きっと日射病だったんだろうし、その手当てもせずに徹夜したんだから、くたくたになっていても不思議じゃあなかったんだよ。

気が付くといつのまにかお祖母ちゃんは玄関で眠り込んでしまってた。真っ暗だったけれど、白く細い蜘蛛の糸がお祖母ちゃんの体にまとわりついて、きらきらと光っていた。

明かりを付けて時計を見ると、夜の二時過ぎだった。

目をつぶると、昼間見たお祖父ちゃんのことが映画のように再現できた。

初めて道で出会ったこと。家の前で助け起こされたこと。応接間での楽しい会話。アトリエの中の二人。そして、廊下での小事件。

やがて、映画は終わってしまった。お祖母ちゃんは懸命に続きを見ようとした。映画はつっかえながらも、進み始めた。二人の恋はぎこちなく進んでいく。そして……

夏は終わる。

次の日の朝、お祖母ちゃんは薬局に出かけたんだよ。

……おや？　舞ちゃん、お眠かい？　お祖母ちゃんのお話、わからないからかい？でも、もう少しだから、我慢して聞いておくれよ。目をつぶっていていいから。うとうとしていてもいいから。

昼過ぎになると、お祖父ちゃんはやって来た。前の日と同じように応接室でお菓子を食べた後、アトリエに入って、今度はちゃんと絵を描き始めた。

お祖父ちゃんをじっと見た後、キャンバスに目を移すとお祖母ちゃんにはもう完成したお祖父ちゃんの絵が見えていた。だから、自分の仕事はとても簡単に思えた。ただ、見えている絵をなぞればいいはずだった。

コンテをキャンバスに当てる。途端にその点からお祖父ちゃんの絵は揺れ動き崩れ出した。ちょうど、水面に流した墨に指を突っ込んだみたいだった。

慌ててコンテを離すとお祖父ちゃんの絵はまたゆっくりと戻ってくる。

今度こそ崩れないように、時間をかけて、固まるのを待つ。

お祖父ちゃんは不思議そうに、じっとキャンバスを睨むお祖母ちゃんを見ている。

十分もたった頃、もう一度コンテをキャンバスに触れさせる。

途端に絵は崩れる。

お祖母ちゃんは悲鳴を上げた。

どうしました⁈　どうしました、とお祖父ちゃんはおろおろした。

なんでもないんです。ただ、逃げていってしまったのが残念で、とお祖母ちゃんは答えた。

そうですか。なんでもないんですか。それならいいんです、とは言ったけれどもお祖父ちゃんは納得していない様子だったよ。

冷や汗が出てきた。どうして、絵を描くのがこんなに難しいのかわからなかった。

お祖父ちゃんはじっとしている。

ええい。ままよ、と心の中で唱え、さっと線を引いた。

線は醜く歪んだ。

お祖母ちゃんはその線を無視して、別の線を引いた。二つの線は不様に交わった。

三本目の線を引く。

その段階で絵は失敗と決まってしまったんだよ。自分でもわけがわからなかった。たった三本の線を描いただけなのにその線がこれほど醜悪なからみかたをするのはほとんど奇跡といってもよかった。

お祖母ちゃんはキャンバスを投げ捨てた。

お祖父ちゃんは目を丸くした。

ごめんなさい。おどろいちゃった？　描き始めで悩むのはわたしの癖なの。このキャンバスはけちがついちゃったから、新しいのに替えるわね、とお祖母ちゃんはその場を取り繕った。

新しいキャンバスにはちゃんとお祖父ちゃんの姿が浮かび上がっていた。お祖母ちゃんは安心してコンテを使う。お祖父ちゃんの絵は砕け散る。

お祖母ちゃんはなんとか悲鳴を押さえた。無言でキャンバスを別の新しいものと取り替える。

お祖父ちゃんはそわそわし出した。

キャンバスの上にはきれいな姿がある。そして、崩壊。ちらりと、お祖父ちゃんを見る。じっと、一挙一動を窺っている。もうキャンバスは替えられない。

お祖母ちゃんは歯を食いしばって描き続ける。一描きごとに痛みが胸を襲う。キャンバスの上のお祖父ちゃんの姿は見る影もない。ただ醜悪な線の重なりが増えていく。歪んだ不安の像が広がる。吐き気がする。涙が溢れそうになる。

自分には絵の才能があるはずなのに、愛しい人がこんなに近くにいるのに、どうしてその姿を描くことができないの？

お祖母ちゃんは苦痛に耐えながら描き続けた。

どうかしましたか？　随分苦しそうですが、とお祖父ちゃんは声をかけてくれた。

お祖母ちゃんは苦しさのあまり返事をすることもできない。ただただ、お祖父ちゃんに絵が描けないと悟られたくないためにどうしようもならなくなったものに描き加え続けた。やがて、キャンバスの中におぞましい姿が現れた。

お祖母ちゃんはキャンバスに布をかけた。

ごめんなさい。集中力が続かないの。本当に迷惑をかけるけれども、もしよかったら、明日も来てくれないかしら？

いいえ。僕ならいいんです。幾日かかったって、構うことはないですよ、とお祖父ちゃんは慰めてくれた。

それから、毎日お祖父ちゃんはやって来てくれた。

お祖母ちゃんは毎日キャンバスに描き続けた。だんだんと妖怪じみたものが形をなしてくる。

お祖父ちゃんはなんとか絵を覗き込もうとしたけれど、お祖母ちゃんは隠し通した。

壁の下の方を見てごらん。女の子と男の子が向き合っている絵がある。女の子は男の子を見ながら、絵を描いている。ああ、だけどキャンバスの中の絵はなんと胸糞悪いんだろう。この絵のここを見ると今でも憂鬱になる。

僕の絵を一度見てもらえませんか？　自分ではなかなかよくできているとおもうんですが。ほら、このスケッチブック、何も描いてないと、家の人が不審に思うといけないので、毎日家に帰るまでに少しずつ描きためているんです、とお祖父ちゃんはある日アトリエに行く前にお菓子を食べながら頼んできた。

ええ。いいわよ。どんな絵かしら？

それは本当に素晴らしい絵だったよ。技術的にはたいしたことはなかったのかもしれないけど、描き手の心がそのまま色鉛筆に込められて画用紙の上に広げられたような絵だった。小川のせせらぎ。のどかな田園。草深い野原。聖なる森。白い雲。遠く青い山。朱（あか）い月。さえずる小鳥たち。絵を見た瞬間、それを描いているお祖父ちゃんの姿を含んだ情景全体が頭の中に飛び込んできた。

　お祖母ちゃんはうっとりしたけれど、心のどこかに押さえることができない感情が渦巻いていたよ。

　そうね。素人にしてはうまい方だわ、とお祖母ちゃんは言った。

　そして、心の中で考え続けた。

　どうして、子供にこんな絵が描けるのかしら？　どう考えてもわからない。本当なら、これはわたしが描くべき絵だわ。きっと、この子の中には不思議な色がいっぱいつまっているのね。この子の中身は全部不思議な色なのね。それが本当のあなたなのね。

　やっぱり、だめでしょうか？

　ううん。だめなんかじゃないわ。ただ、才能を伸ばすにはちゃんとした先生につくことが必要なの。

　ちゃんとした先生？

　自己流では所詮（しょせん）限界があるわ。そうね。もし、よかったらわたしが先生になってあげてもいいわ。

だめなんです。僕は帰らなくてはならないんです、とお祖父ちゃんは首を振った。

帰る？　夏はまだ終わらないのに？

僕の夏は終わるんです。本当はまだ言わないつもりでした。帰るのは明後日なので、明日ご挨拶するつもりだったんです。

その日の絵は今までの中でももっとも酷いことになってしまった。キャンバスの上には見るものすべての気を滅入らせる人物がいた。本物のお祖父ちゃんには微塵も醜悪さはない。でも、その絵は醜悪さだけからなっていた。

……舞ちゃん、もうすぐこのお話はおしまいになるよ。耳を澄ましてよおく聞くんだ。

次の日、お祖母ちゃんがお祖父ちゃんに出したケーキは少し不思議な味がしていたんだけど、お祖父ちゃんは気が付かないようだった。

そして、アトリエに入るとお祖父ちゃんは大きな欠伸をした。

あらあら。そんなに退屈？

いいえ。そういうわけではないんですが、つい出ちゃいました。……あの、今日も一つお願いがあるんですけど、かまいませんか？

あら。また絵を見せてくれるの？

昨日は僕の絵を見てもらいましたけど、今日は違います。その反対なんです。その絵を――僕がモデルになっている絵を是非見せて欲しいんです。

嫌！

どうしてですか？　自分がどういうふうに見られているか、知りたいんです。

お祖父ちゃんは立ち上がって、こちらにやって来る。お祖母ちゃんは自分の体を盾にして、絵を隠そうとした。

お祖父ちゃんはそんなお祖母ちゃんのことをふざけていると思って、にこにこしながら、キャンバス台を揺すった。

だめ！　絶対にだめ!!

お祖母ちゃんは泣きながら懇願したけれど、お祖父ちゃんはそれも演技だと思い込んでいるようだった。

お祖母ちゃんは服が汚れるのも気にせず、キャンバスを抱きしめた。

突然、キャンバスを揺する力がなくなった。お祖父ちゃんはがくんと膝(ひざ)をついた。

その拍子にキャンバスはお祖母ちゃんの手から滑り出し、床に倒れた。

ああ気分が悪い、とお祖父ちゃんは口走った。

お祖母ちゃんは絵を隠そうと跪(ひざまず)いた。

お祖父ちゃんの目が絵を捕らえるのが一瞬早かった。

いったいこれは……

お祖父ちゃんは手で顔を覆った。

これが僕のはずはない。これはまるで……まるで……悪夢のようだ。

舞ちゃん、壁の隅に描いてあるのがこの絵の中で一番悲しいところだよ。床に倒れた茶色くて汚い絵を挟んで絶望する女の子と怯える男の子がいるだろう。

僕をからかってたんでしょ。ねえ、そうでしょ、とお祖父ちゃんは懇願するように言った。

お祖母ちゃんは首を振ることもできなかった。お祖父ちゃんの目が怖くて、目をつぶった。

じゃあ、全部嘘だったんですね。画家だっていうのも、僕にお礼がしたいというのも。これだったら、僕の方がよっぽどうまいじゃないですか!

お祖父ちゃんは驚いて後退りをしかけて、そのまま転んでしまった。そのまま立ち上がろうともがいている。ふらついて、どうしても起き上がれないようだった。

変だな? 体がだるくてしかたがない。目が回る。それに眠い。息苦しい。

わたしたちは恋人どうしなのよ。結婚するはずだったじゃない。

僕たちが結婚? それも何かの冗談ですか?

お祖父ちゃんはきっと嘘をついていたんだよ。どうして、そんな嘘を言ったのかは知らないけど、最初に結婚を決意したのはお祖父ちゃんだったんだからね。ひょっとしたら、お祖父ちゃんはお祖母ちゃんが画家でないと知って、少しだけ混乱してしまったのかもしれないねぇ。

あなたにはゆっくり休んでもらおうと思って、お菓子にお薬を入れておいたから、無理をせずに、おやすみなさい。

お祖父ちゃんは驚いたような顔をした。どうして、お祖母ちゃんがそんなことをしたのか、わからなかったからだろう。でも、お祖母ちゃんにはちゃんと考えがあったんだよ。その日、帰してしまったら、次にはいつ会えるかもわからない。でも、幸いなことにお祖父ちゃんはお祖母ちゃんのことを家族に話していない。もちろん、この家にお祖父ちゃんが入っていくのを誰かに見られていないとは言い切れない。ただ、他の家からはかなり離れているから、わざわざ尾行でもしない限り、家に入るところを見られるはずはない。田舎道を歩く少年の後をつけようだなんて了見を持つ人物はこの村にはいそうもなかった。お祖父ちゃんとお祖母ちゃんを結び付けるようなものは何もなかったんだ。だから、思いきって、計画を立てたんだ。

お祖父ちゃんは真面目な人だから、いくら引き止めても親のいいつけを守って、自分の心に逆らってまで帰ってしまうことはわかっていた。こうするしかなかった。この方法なら、見掛け上、お祖母ちゃんが一方的にやったことになるから、お祖父ちゃんは自分の責任を感じなくてすむ。良心の呵責(かしやく)を感じずに、心の欲することができるというわけだよ。お祖母ちゃんの方は愛するものが一緒にいることのためなら、道徳だろうが、法律だろうが、気にしていなかったことだし。

お祖母ちゃんは何時間もかけて、このアトリエにベッドを運び込んで、その上にお祖父ちゃんを乗せた。手足はロープで堅く縛った。そして、入り口に鍵をかけて、自分の部屋で可愛いドレスに着替え、それから食事の用意をしに台所に行ったよ。

勘違いしないでおくれよ。縛ったり、鍵をかけたりしたのは、お祖父ちゃんのためを思ってのことだよ。そうしておけば、この家から逃げ出さない理由ができるだろ。もし、縛らないでおいたら、お祖父ちゃんは本当はこの家でお祖母ちゃんと暮らしていたいのにも拘わらず、逃げ出さなくてはいけないからね。

料理を持ってアトリエに戻ると、お祖父ちゃんはまだ眠っていた。ちょっと恥ずかしいけれど、言ってしまおうかね。お祖母ちゃんはお祖父ちゃんにキスをしたんだよ。お祖父ちゃんはぐったりとして、目を覚ましもしなかったけれど、お祖母ちゃんはそんなことはおかまいなしに、お祖父ちゃんの口の中を舐めまわした。三十分もそうしていると、お祖父ちゃんは息苦しくなったのか、咳き込み始めた。それでも、お祖母ちゃんはキスをやめなかった。

酸っぱいものがお祖父ちゃんの喉の奥から噴き出してきた。二人の顔の間から、ベッドの上に流れていくのを、お祖母ちゃんはうっとりと眺めた。

突然、お祖父ちゃんは激しく体をくねらせ、お祖母ちゃんを弾き飛ばした。

いったい、何をしているんですか、とお祖父ちゃんは力なく言った。

お祖母ちゃんはドレスの汚れを手で拭いながら立ち上がり、お祖父ちゃんに微笑んだ。

お食事をお持ちしたわ。

お祖父ちゃんはお祖母ちゃんの言葉を聞いていなかったようだった。

すみません。このロープをほどいてくれませんか？　手も足も痺れて感覚がなくなってるんです。

だめよ。ロープをほどいたりしたら、あなたは出て行かなくてはならなくなるもの。

そうです。僕は行かなくてはならないんです。うちに帰らなければ……。ああ、なんだか、気持ちが悪い。

それはきっとお薬のせいよ。ぐっすりと眠ってもらうために、普通より何倍も多めに飲んでもらったもの。

お祖父ちゃんは呻き声を上げた。

それより、お食事はいかがかしら？　一生懸命作ったのよ。

気持ちが悪い。何もかも歪んでいる。耳鳴りが酷い。この臭いは本物なのか、幻覚なのか？　ああ、息ができない。お願いです。僕をお医者さんに連れていってください。

ふふふ。何を言ってるの？　お医者になんか行ったら、あなたがここにいることが知られてしまうじゃないの。

僕は帰りたいんです。

あらあら。そんな嘘までつくなんて、あなたって、本当に真面目なのね。でも、もう帰らなくてもいいのよ。今日からはここがあなたのおうちだもの。

なんのことを言っているんですか？　今は何時ですか？

時間のことなんか気にしなくてもいいのよ。だって、わたしたち二人は結婚したんだから。

お祖父ちゃんはまた呻くと、激しく咳き込み出した。

大丈夫？

お祖母ちゃんはお祖父ちゃんの背中をやさしく擦った。

電話をかけさせてください、とお祖父ちゃんは消えそうな声で言った。

もちろん、お祖母ちゃんはかけさせたりはしなかったよ。

それから、二人の新婚生活が始まった。

お祖父ちゃんは二人が夫婦だということが理解できない振りをずっと続けていたけれど、そんなことはたいして問題じゃなかった。

気掛かりなことと言えば、お祖父ちゃんがいっさい何も食べないことだった。お祖母ちゃんがどんなに腕によりを掛けてお料理を作っても、お祖父ちゃんは吐き気がすると言って、口にしなかった。無理に口に押し込んでも、すぐにもどしてしまうし。だから、お祖母ちゃんははやくお祖父ちゃんに治ってもらうため、お薬をたっぷり溶かしたお水をお祖父ちゃんの口に流し込み続けたよ。

お祖父ちゃんはどんどん痩(や)せていった。言葉もどんどん不明瞭(ふめいりょう)になっていくし、目はいつもとろんとしていた。いつも居眠りしていて、お祖母ちゃんが呼び掛けた時だけ、目を覚ますようだった。

時々、思い出したように、助けてくれ、とか、手と足が切り取られたように痛いとか、叫ぶこともあったけど、叫んでいると思っているのはお祖父ちゃんだけで、本当は蚊の鳴くような声だったから、外に聞こえる気遣いは全然なかったよ。

お祖父ちゃんとの新婚生活は人生の中でも最高の時期だった。

この絵を見てごらん。本当に幸せそうだろ。ベッドの上に寝ている男の子がお祖父ちゃんだよ。ほら、ちゃんと手と足の先が腫(は)れ上がっているのがわかるだろ。その横でかいがいしく世話をしているひらひらがいっぱいついているドレスを着ている女の子が新妻のお祖母ちゃんさ。

新婚二週間目のことだった。アトリエに入ると、お祖父ちゃんはいなかった。ベッドの上には血が付いたロープが置いてあった。きっとあんまり痩せ細ったので、手が抜けるようになったんだろうね。

お祖母ちゃんは慌てて、アトリエを飛び出した。お祖父ちゃんの居場所はすぐにわかった。アトリエに入る前には気が付かなかったんだけど、廊下に小さな血の跡が点々と付いていたんだよ。お祖父ちゃんはアトリエの隣の物置部屋に隠れてた。

ドアを開けると、蜘蛛の巣を通して、ぼんやりと床に横たわる三つの人影が見えた。どれがお祖父ちゃんかはすぐにわかった。啜り泣きをしながら、体を震わせていたからね。

お祖母ちゃんはお祖父ちゃんの足を掴んで部屋から引きずり出した。お祖母ちゃんの手には血膿がべっとりと付いたけど、大好きなお祖父ちゃんのものだから、全然気にならなかったよ。

ああ、なんてことだ。あれは幻なんかじゃない。蜘蛛の幼虫に塗れていた。干からびていたけれど、あれは確かに人間だ、とお祖父ちゃんは涙を流しながら呟いた。

ごめんなさい。本当はもっと早く両親に会わせなきゃならなかったんだけど、ほら、うちの親って、ちょっと変わっているから、とお祖母ちゃんは素直に謝った。

僕の手足はもう腐り始めている。切断しなくてはいけないかもしれないんだ、とお祖父ちゃんは自分の紫色に腫れ上がって形がわからなくなった手を見ながら言った。

大丈夫よ、あなた。わたしがお薬を飲ませてあげるから、すぐに治るわ。そんなことよりも、嬉しいニュースがあるのよ。

ああ、いったい何が嬉しいというんですか、とお祖父ちゃんは白目を剝いた。

赤ちゃんができたのよ。わたしたちの最初の子供よ、とお祖母ちゃんは恥ずかしかったけれど、思いきって報告した。

そんなことはありえない。絶対、そんなことはない。……でも、僕もう、どうでもよくなってきたよ、とお祖父ちゃんも少し照れて言った。

さあ、ご褒美にキスをして、とお祖母ちゃんはお祖父ちゃんの頰に手をかけた。

僕に手を触れないでください、おばさん。

お祖母ちゃんは悲鳴を上げた。

おばさん、て何よ?! 誰のことよ?!

お祖父ちゃんは目をつぶって返事をしなかった。

お祖父ちゃんがこんな酷いことをいうなんて信じられなかった。手で顔を覆うと、首筋から胸に愛しいお祖父ちゃんの血液が垂れていくのがわかった。

しばらくそうして、お祖父ちゃんの姿を見ているとだんだん冷静になってきた。

わかったわ。これは本当のあの人ではないのよ。そういえば、ずっと様子がおかしかった。朦朧としているし、まともに喋ったり、歩いたりもできない。お薬だってちゃんと毎日、とってもたくさん飲んでいるのに治らないなんて、絶対おかしいわ。やっぱり、この人は本物ではないのよ。じゃあ、本当のあの人はいったいどこに？

お祖母ちゃんはあちこちを見回して、アトリエの隅に立て掛けてあったお祖父ちゃんの持ってきたスケッチブックに目が止まった。

だけど、この素晴らしい色は確かにこの人が描いたものだわ。偽者にこんな色があるはずもない。……ああ、そうだったのね。やっとわかったわ。この体は本当のこの人ではないのよ！　この人の中に隠れている色があるのよ。その色こそが本物なのよ！　本当のわたしの夫なのよ！　ねえ、そうなんでしょ？

ああ、そう思うなら、それでいい、とお祖父ちゃんはやっと素直に答えてくれた。

お祖母ちゃんはアトリエの中までお祖父ちゃんを引き摺っていった。お祖父ちゃんはもう声を出さずにため息をつくだけだった。

それから、お祖母ちゃんは台所に包丁を取りに行った。本当のお祖父ちゃん――お祖父ちゃんの色を解放するにはまず偽の体を切り開かなくちゃならないからね。

胸からおなかにかけて、すっと切り開いた。

お祖父ちゃんは小さく呻いて、体を少し曲げた。でも、それ以上は何もしなかった。

やっぱり思っていた通りだった。お祖父ちゃんの体の中にはいっぱい色が隠れていた。おなかの皮一枚下に目のさめるような赤と白があった。指で押さえるとぴくぴく動き、さらに赤が染み出した。

それから、お祖母ちゃんは本当のお祖父ちゃんを助けたい一心で、どんどんお祖父ちゃんを切り開いていった。おなかの中も、手の中も、足の中も、顔の中もきれいな色でいっぱいだった。青や緑や黄色や黒もあったけれど、ほとんどは赤と白だった。きっと、これはお祖父ちゃんの情熱と誠実さの象徴だったんだろうね。

その時、お祖母ちゃんは素晴らしいことを思い付いた。お祖父ちゃんの色で絵を描けばいいことに気付いたんだよ。今までどうしてもお祖父ちゃんの絵をうまく描くことができなかったのはお祖父ちゃんの色がお祖父ちゃんの中に隠れていたからなんだ。直接、お祖父ちゃんの色を使って絵を描けばそれはきれいな絵になるはずだよ。

お祖母ちゃんは台所から持ってきたおろし金で、お祖父ちゃんの中で動いている暖かい色の塊を少しずつとってはすりつぶし、絵の具を作っていった。

絵の具が溜まると絵を描き、なくなるとまたお祖父ちゃんから色をとって、絵の具を作る。

そうやって描いた絵が今、舞ちゃんが見ているこの絵だよ。

曾お祖父ちゃんと曾お祖母ちゃんから自由になった日。お祖父ちゃんに初めて会った日。アトリエでのデート。結婚式。そして、新婚生活。お祖父ちゃんの色からは止めどもなく、情景が生み出されていく。中でも、一番力が入ったのは、真ん中に一番大きく描いてあるところだよ。そう。この絵そのものを描いているお祖母ちゃんと色を出しているお祖父ちゃんだよ。

この絵は本当に不思議なんだよ。絵の中でお祖母ちゃんが絵を描いていて、その描いている絵の中でもお祖母ちゃんは絵を描いている。どこまで行っても絵を描いているんだ。

それだけじゃない。どんどん小さくなる絵全部に、お祖母ちゃんとお祖父ちゃんの物語も全部描いてあるんだ。もう見えなくなるまで描き込んである。きっと、虫眼鏡で見ても、顕微鏡で見ても、いつまでも続いているんだろうね。お祖母ちゃんは自分で描いたんだけれど、どうやって描いたのか思い出せないんだよ。

絵を描いている途中で、お祖父ちゃんの体は動かなくなり、冷たくなっていった。どういうことかわかるかい？　お祖父ちゃんはね、絵になったんだよ。だから、今ではこの絵がお祖父ちゃんなんだよ。

この絵は不思議な絵でね。描いてからも、不思議なことがいっぱいあった。お祖父ちゃんの抜け殻がなくなってしまったことも不思議だった。それから、村の人たちがどうやら誰もお祖父ちゃんのことを覚えていないらしいことも。

でも、そんなことはみんなお祖母ちゃんの思い過ごしかもしれない。あのお祖父ちゃんの泊まっていた家を訪ねてみれば、はっきりしたんだろうけど、お祖母ちゃんはなんだか、その勇気がなくてね。

結局、お祖母ちゃんはこう思うことにしたんだ。お祖父ちゃんは絵になったから、偽の体はいらなくなった。そして、偽の体の営んできた偽の生活も思い出もいらなくなった。だから、偽者は全部消えてしまったんだ。この絵だけが——この絵に描かれた思い出だけが本物だった。お祖父ちゃんはこの絵の中に——本物の思い出の中に帰っていった。そういうことだったってね。

お祖母ちゃんはそれからずっと、この絵になったお祖父ちゃんと暮らしてきた。やがて、舞ちゃんのお母さんを生んで、お母さんも大好きな人を見つけて舞ちゃんを生んだ。

ええ。お祖母ちゃんは曾お祖父ちゃんとは違う。お母さんの結婚には全然反対しなかったよ。まだ、お祖母ちゃんは舞ちゃんのお父さんには会ったことはないけれど、お母さんが好きになったんだから、きっと素敵な人なんだろうと思うよ。

ああ、この絵は本当に不思議な絵だよ。あんなにきれいだったのに今ではすっかり、茶色一色になってしまった。

おや？　舞ちゃん！　舞ちゃん！　どこに行ったんだい？　また、隠れんぼかい。困った子だねぇ。

……おや、舞ちゃん、こんなとこにいたのかい。そうかい。舞ちゃんも帰ってしまったんだね。お祖父ちゃんの絵の中に。

ああ、この絵は本当に不思議な絵だよ。

読者の皆様へ

本書は、二〇〇三年三月に小社より刊行した文庫を改版したものです。

本文中には、作中の登場人物の台詞として、今日の人権擁護の見地に照らして、差別問題を軽んじるような、不適切と思われる表現がありますが、著者自身に差別的意図はなく、また、著者が故人であること、作品自体の文学性を考え合わせ、原文のままとしました。

あらゆる差別に反対し、差別がなくなるよう努力することは出版に関わる者の責務です。この作品に接することで、読者の皆様にも現在もなお、さまざまな差別が存在している事実を認識していただき、人権を守ることの大切さについて、あらためて考えていただく機会になることを願っています。

角川文庫編集部

家(いえ)に棲(す)むもの

小林泰三(こばやしやすみ)

角川ホラー文庫　24334

平成15年3月10日　初版発行
令和6年9月25日　改版初版発行

発行者――山下直久
発　行――株式会社KADOKAWA
〒102-8177　東京都千代田区富士見2-13-3
電話 0570-002-301（ナビダイヤル）
印刷所――株式会社暁印刷
製本所――本間製本株式会社
装幀者――田島照久

●お問い合わせ
https://www.kadokawa.co.jp/（「お問い合わせ」へお進みください）
※内容によっては、お答えできない場合があります。
※サポートは日本国内のみとさせていただきます。
※Japanese text only

ISBN978-4-04-115256-0　C0193

角川文庫発刊に際して

角川源義

第二次世界大戦の敗北は、軍事力の敗北であった以上に、私たちの若い文化力の敗退であった。私たちの文化が戦争に対して如何に無力であり、単なるあだ花に過ぎなかったかを、私たちは身を以て体験し痛感した。西洋近代文化の摂取にとって、明治以後八十年の歳月は決して短かすぎたとは言えない。にもかかわらず、近代文化の伝統を確立し、自由な批判と柔軟な良識に富む文化層として自らを形成することに私たちは失敗して来た。そしてこれは、各層への文化の普及滲透を任務とする出版人の責任でもあった。

一九四五年以来、私たちは再び振出しに戻り、第一歩から踏み出すことを余儀なくされた。これは大きな不幸ではあるが、反面、これまでの混沌・未熟・歪曲の中にあった我が国の文化に秩序と確たる基礎を齎らすためには絶好の機会でもある。角川書店は、このような祖国の文化的危機にあたり、微力をも顧みず再建の礎石たるべき抱負と決意とをもって出発したが、ここに創立以来の念願を果すべく角川文庫を発刊する。これまで刊行されたあらゆる全集叢書文庫類の長所と短所とを検討し、古今東西の不朽の典籍を、良心的編集のもとに、廉価に、そして書架にふさわしい美本として、多くのひとびとに提供しようとする。しかし私たちは徒らに百科全書的な知識のジレッタントを作ることを目的とせず、あくまで祖国の文化に秩序と再建への道を示し、この文庫を角川書店の栄ある事業として、今後永久に継続発展せしめ、学芸と教養との殿堂として大成せんことを期したい。多くの読書子の愛情ある忠言と支持とによって、この希望と抱負とを完遂せしめられんことを願う。

一九四九年五月三日

玩具修理者

小林泰三

ホラー短編の傑作と名高い衝撃のデビュー作!

玩具修理者はなんでも直してくれる。どんな複雑なものでも。たとえ死んだ猫だって。壊れたものを全部ばらばらにして、奇妙な叫び声とともに組み立ててしまう。ある暑すぎる日、子供のわたしは過って弟を死なせてしまった。親に知られずにどうにかしなくては。わたしは弟を玩具修理者のところへ持っていくが……。これは悪夢か現実か。国内ホラー史に鮮烈な衝撃を与えた第2回日本ホラー小説大賞短編賞受賞作。解説・井上雅彦

角川ホラー文庫

ISBN 978-4-04-347001-3

肉食屋敷

小林泰三

異星からの遺伝子が、すべてを食い尽くす。

「山の頂上にドラム缶を積んだトラックが放置されているので対処して欲しい」村民からの苦情を受けた村役場勤務の“わたし”は、現場の土地に建つ科学研究施設に向かう。異常な湿気の森に佇む、増改築を繰り返したまるで怪物のような屋敷――そこで“わたし”は建物の持ち主に、太古のDNAから復元したという地球外生命体の処分を頼まれるが……（「肉食屋敷」）。邪悪を極めた4編を収録。『玩具修理者』『人獣細工』に続く第3作品集。

角川ホラー文庫

ISBN 978-4-04-113773-4

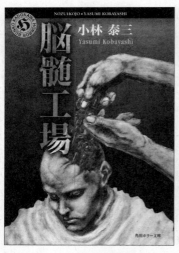

人外サーカス

小林泰三

吸血鬼vs.人間。命懸けのショーが始まる!

インクレディブルサーカス所属の手品師・蘭堂は、過去のトラウマを克服して大脱出マジックを成功させるべく、練習に励んでいた。だが突如、サーカス団が吸血鬼たちに襲われる。残忍で、圧倒的な身体能力と回復力を持つ彼らに団員たちは恐怖するも、クロスボウ、空中ブランコ、オートバイ、アクロバット、猛獣使いなど各々の特技を駆使して命懸けの反撃を試みる……。惨劇に隠された秘密を見抜けるか。究極のサバイバルホラー!

角川ホラー文庫

ISBN 978-4-04-110835-2